Maíra e a viagem da independência

Ana Bonjour

1a Edição

numa

PRÓLOGO

Devo começar dizendo que este livro/diário é um registro de algo imenso que realmente me aconteceu, embora eu suponha que os que o lerem duvidem de minhas palavras. Eu mesma desconfiaria. E só acredito porque foi comigo que tudo se passou.

Eu aprendi muito ao longo desse percurso. E um dos maiores aprendizados foi a importância de registrar nossa memória. Então, quer vocês acreditem ou não, resolvi deixar tudo anotado e guardado para que essa história não seja esquecida. Antes de seguir, quero alertar para não se deixarem levar apenas pelo lado fantástico do que ocorreu porque tudo que contarei aqui retrata uma profunda realidade da história do que a gente conhece como Brasil.

Vou começar um pouquinho antes do momento mais intenso. Prometo também não prolongar muito. Detesto quando enrolam e não revelam logo o que quero saber. Mas tenham paciência, garanto que os detalhes que as vezes parecem chatos, são essenciais.

ANTES

Então vamos lá, do começo: meu nome é Maíra, nasci em 2007, sou carioca, flamenguista, sagitariana, amo música, futebol, séries e comida japonesa. Minha mãe e meu pai dizem que sou viciada em celular, não entendem que sou uma adolescente como tantas outras que usa Instagram, WhattAapp e TikTok para me comunicar. Agora tenho quinze anos de idade, mas eu tinha só quatorze anos quando tudo que vou contar aqui aconteceu.

Moro num apartamento confortável com minha mãe, meu pai e minha irmã caçula. Meu pai é músico, minha mãe arquiteta e minha irmã uma pentelha fofa cheia de energia e de perguntas e que vive mexendo nas minhas coisas.

Meu pai quase não fala, passa boa parte do tempo lendo, compondo músicas que nunca grava e concordando com minha mãe, especialmente quando o assunto sou eu. Minha mãe gosta de mandar em todo mundo e não para de falar. É muito esotérica, tudo pra ela está conectado com o místico: tarô, mapa astral, constelações familiares, luas, mares, numerologia e tantas outras coisas são determinantes para decisões sobre qualquer coisa da nossa rotina, explicam o mundo e tudo de ruim ou de bom que acontece. Às vezes eu ficava cansada com essa mistureba maluca dela, mas depois de tudo que aconteceu passei a respeitar mais outras visões que não sejam apenas científicas.

Meu nome, por exemplo, ela escolheu porque em um sonho recebeu esse recado da tetravó dela, algo do tipo: "Você carrega em seu corpo Maíra" (leiam essa frase com sotaque de fantasma, pois é assim que eu a imagino). Pronto, não teve discussão nem chances para meu pai opinar, mesmo minha mãe nunca tendo conhecido a tal tetravó e sabendo quase nada sobre ela.

Ouço essa história desde sempre, porque minha mãe faz questão de contar para qualquer pessoa toda vez que tem uma oportunidade. Ela ficou impressionada, menos pela revelação do meu nome e mais por ter sonhado com uma ancestral que nem sabia ter existido. Depois desse sonho foi procurar saber sobre a tal tetravó e descobriu que ela foi neta de uma ex-escravizada. Desde então minha mãe se dedicou a investigar nossas origens, fazendo perguntas para minha avó, que nunca contribuiu muito, porque não queria falar da própria história.

Eu amo muito a vó Ruth. Ela morreu a pouco tempo, sem que pudéssemos nos despedir. Foi vítima da covid-19 uma pandemia que matou mais de 700 mil pessoas no Brasil e milhões no mundo. Era uma doença tão perigosa que muita gente morreu sozinha no hospital, sem poder receber visitas para não se infectar com o vírus, e para nossa tristeza foi assim com minha vó também. Me senti sozinha desde que ela morreu porque era a única pessoa da minha família que me entendia plenamente, do jeito que sou e sei que teria orgulho da pessoa que me tornei. Eu gostava muito do carinho que recebia de minha vó Ruth. Ela não era muito dada a carícias físicas, mas mesmo assim fazia eu me sentir amada, do seu jeitinho. Sempre que eu ia na casa dela, enchia a geladeira com tudo que eu gostava, separava livros para ler pra mim, selecionava filmes pra gente assistir juntas. Ouvia as minhas histórias com atenção de verdade, tanto que até lembrava o nome de todos os meus *crushs*. Vó Ruth morava na Serra do

Rio de Janeiro e eu passava os feriados e férias na casa dela. Faltou um último abraço. Que falta faz minha vó.

Foi difícil para toda família esse período de luto e pandemia, como também foi para muita gente. Meu pai não conseguiu trabalho por conta do isolamento necessário e de calado quase ficou mudo. Minha mãe segurou as pontas emocionais por ter ficado órfã e financeiras, vendendo online projetos de arquitetura pra um monte de gente que resolveu reformar a casa já que estava confinado lá dentro. Eu fiquei trancada no quarto, longe dos meus amigos que só via em encontros virtuais e assistindo as aulas online. Minha irmã estava com seis anos e ainda não tinha muita tarefa escolar para fazer, daí me atormentava implorando por brincadeiras.

Quando a pandemia começou eu tinha doze anos e gostava de fazer coisas diferentes das que passei a gostar quando o isolamento chegou ao fim. Antes, eu me divertia mais com as poucas piadas do meu pai e estava sempre por perto para ouvir e dar palpites nas músicas dele. Eu ajudava minha mãe a cozinhar enquanto escutávamos músicas e ela contava histórias de quando era criança. Ficava rindo das disputas entre o gosto musical dela e do meu pai. Ele debochava por ela curtir tanto samba, já que atuava como músico erudito. Mesmo assim falava que sem o samba a música brasileira nem existiria. Nessa questão, eu ficava no meio: com ele aprendia a tocar piano, mas adorava ir ao samba com ela. Com minha irmã, eu brincava de Lego e às vezes até de boneca ou assistia os desenhos bobos para crianças da idade dela.

Depois tudo isso ficou chato. Não sei se foi a perda da minha avó, ou o isolamento social ou se é assim mesmo quando o tempo passa, mas nada disso me animava mais. Queria mesmo era ficar na minha, no quarto, ouvindo música, desenhando, vendo série, Tiktok e conversando com amigos pelo

WhatsApp. Todos os adultos dizem “Ah... é a adolescência”, como se o fato de ter quatorze ou quinze anos fosse uma doença. Só sei que enquanto fiquei presa dentro de casa, muito mudou dentro de mim.

Quando pudemos sair pra rua e ir pra escola foi esquisito, como se tivesse que me enturmar de novo com meus amigos que também tinham mudado pra caramba e eram bem diferentes ao vivo do que na tela do celular. De todos quem mais voltou transformada foi a Dayo, uma das minhas melhores amigas.

DAYO

Diferente da maioria de nossa turma que estudava junta desde os 7 anos, Dayo entrou na escola apenas no quarto ano. A professora falou pra ela sentar na carteira ao lado da minha, no lugar onde antes ficava a Valen, que tinha ido morar com a mãe em Portugal.

O nome dela chamou logo minha atenção, depois ela explicou ser de origem africana e que significa "Alegria que chega". Não deve ter sido fácil pra Dayo chegar numa escola nova, com todo mundo amigo de longa data, e ainda se sentir diferente por não terem outras pessoas negras entre seus colegas. Eu não tinha ideia do que era se sentir assim, quer dizer, ainda não sei como é se sentir assim, mas antes eu nem conseguia perceber como Dayo se sentia. Talvez por isso ela tenha ficado tão tímida. Era uma menina de poucas palavras, seu foco eram as aulas. Muitas vezes parecia que o quadro era uma janela aberta por onde ela se transportava.

Não ficamos amigas de cara. Mesmo comigo puxando assunto toda hora, curiosa, ela não se abriu imediatamente. Mas aos poucos, com essa coisa de fazer trabalho com o colega do lado, pedindo emprestado borracha, lápis e apontador, nos aproximamos. Gostamos tanto uma da outra que não desgrudamos mais. Apresentei Dayo para mais gente da escola e, com o tempo, mesmo sendo mais calada e na dela, eu sentia que havia se enturmado.

Fazíamos muitas coisas juntas. Dayo gostava de desenhar como eu, ouvir música e era fã de Harry Potter. Lembro que tínhamos ataques de risos por qualquer besteira, até doer a barriga. Diferente de mim, que sempre fui uma aluna mediana, Dayo realmente gostava de estudar. Se inspirava na mãe, professora de Física na Universidade Federal do Rio de Janeiro, que estava sempre na frente de um livro lendo e comentando o que lia com entusiasmo. Aliás, foi por isso que a Dayo mudou pra nossa escola. A mãe havia passado no concurso pra professora e a família mudou pra perto do trabalho dela. O pai trabalhava embarcado. Passava 15 dias em casa e 15 dias no mar, voltando para casa cheio de saudades. Levava a Dayo em um monte de lugar pra passear e muitas vezes eu ia junto. Eu adorei demais esses dois anos em que nossa amizade aconteceu. Mas aí veio a covid.

No início da pandemia a gente se falava bastante por vídeo e mensagem. Depois fomos nos comunicando cada vez menos, eu achava que era porque não tínhamos tanto assunto, com os dias sempre iguaizinhos, confinadas em casa.

Quando as aulas voltaram presencialmente, me dei conta de que Dayo estava muito diferente. Como eu, ela deixou de ser criança e isso já é uma muita coisa, mas não era só isso, ela estava envolvida com outras questões. Ficou nítido pra mim, no dia que ela disse que gostaria de frequentar outro tipo de escola.

– Porque? – perguntei meio indignada, afinal achava que nossa escola era muito maneira...

– Porque essa é uma escola com maioria branca e eu sou preta. Muitas vezes me sinto desconfortável com pessoas mostrando o tempo todo, de algum jeito, que somos diferentes, pra se sentirem superiores. E eu estou cansada de ter que mostrar que não são superiores.

– Como assim, Dayo? Nunca percebi nada disso. Nem paro pra pensar nesse lance sobre quem tem qual cor.

– Pois é, Má. Você não precisa pensar nisso, porque é

branca. Mas eu todo dia de manhã sou obrigada a pensar na minha cor porque ela determina como serei tratada e julgada aqui e em tantos lugares.

– Mas eu nunca fiz isso de te julgar. Não sou racista. Sempre fui sua amiga.

– Ser amiga de negros não significa não ser racista.

– Tá querendo dizer que eu sou racista agora?

– Não é isso que eu estou falando... Já parou pra pensar que você nem quer saber o que eu passo, nem me pergunta sobre como me sinto quando falo do racismo que sofro, finge que não vê ou que está tudo ok.

– E quando foi que isso aconteceu?

– Má, desde que cheguei aqui, desde que frequento os lugares onde sou minoria: nas festas, no clube, no seu condomínio. Você não percebe porque não te atinge, porque você se mistura com os outros. Por isso também sinto vontade de estar com mais pessoas pretas como eu, que passam pelas mesmas coisas. E que querem pensar saber nossa origem, nossa história e passado, nossas forças e potencias a partir do nosso ponto de vista, e não o dos brancos. Aqui na escola não é assim. É difícil destoar sempre. É cansativo demais.

– Então me explica, como posso lutar contra o racismo se não sou negra?

– Ai Má, nossa.. que difícil conversar com você. O que acha, que a luta antiracista é só das pretas e pretos? Você não quer pensar sobre isso de verdade, né? Quer que eu te diga tudo pra depois dizer que não é assim. Olha, não é nada pessoal. Mas é isso, estou cansada de ter o tempo todo que lidar com posturas como a sua.

– Tá bom então, Dayo. Foi mal aí. Tomara que entre logo numa outra escola e tenha amigos mais engajados que eu.

Fiquei irritada com ela, achando que não queria ser minha amiga, que estava me rejeitando. Mas não era essa a questão que ela estava colocando, e eu só consegui entender muito tempo depois.

Fato era que Dayo estava de outro jeito. Ao invés as roupas discretas e o cabelo curtinho que ela usava antes, agora vestia roupas coloridas lindas e o cabelo enorme com mechas coloridas. Abriu um canal no TikTok e tinha milhares de seguidores. Fazia vídeos sobre beleza negra, feminismo e antirracismo, com o avatar de Nzinga_Day – Nzinga era inspirado na Rainha Angolana do século dezessete que foi uma heroína na luta contra os portugueses colonizadores e Day era o nome Dayo abreviado. Também tinha muitos novos amigos e saía com eles sempre que não estava na escola. Durante o período da pandemia que ficou em casa, Dayo começou a ler os livros com a mãe dela sobre racismo e a seguir influencers negras, como Ashley Malia e Manu Mendes. E daí ela pode se sentir com mais autoestima confiante e forte para enfrentar situações que sempre fizeram que se sentisse mal.

Eu fiquei com um tantão de ciúmes, isso sim. Admirava ela, mas ao mesmo tempo queria tudo como antes. Ainda que Dayo continuasse sendo minha amiga, eu percebia que ela não se interessava tanto nas coisas que fazíamos anteriormente porque tinha outras preocupações. E eu não estava disposta a mudar, ou a ouvir tudo que ela tinha pra dizer e mostrar. Eu achava que sabia tudo, mas hoje entendo que só conheço um pouco da minha bolha – escola/amigos/família. Eu tive ciúmes por ela ter novos amigos que pareciam ser super bacanas, inveja por ela estar divando e descobrindo coisas super legais sobre o passado e beleza dela, e muito insegura também, por não me sentir parte disso. Além de tudo, e lá no fundinho, eu morria de medo de ser a vilã da história. Meu maior pânico era esse, que de tudo que ela experimentava e descobria, eu era a parte ruim... Sentia pânico ao me colocar nessa situação, queria manter meu mundinho do jeitinho que ele era, incluindo minha amiga Dayo ainda tímida. Por ser branca eu não consegui entender o que era viver situações racistas. Então fingia não ver, para não ter que resolver a tensão que isso me causava.

Nossa amizade esfriou porque eu não abri mão do meu jeito de ser, preferi ficar no mesmo lugar, que era mais cômodo pra mim e, como a próprio Dayo me disse, ela estava cansada de ter que ser forte e explicar o tempo todo o que as pessoas precisam entender por conta própria.

AS RAÍZES

No meio de tudo fora do lugar, outro acontecimento fez as coisas me parecerem mais estranhas. Recebemos uma caixa com algumas lembranças da minha avó, enviada por uma amiga que morava perto dela. Eram cartas, bilhetes, desenhos em grafite, os óculos, livro com anotações e álbuns de fotografias.

Olhando um álbum bem antigo, me surpreendi com uma foto.

– Mãe, quem é essa mulher aqui?

– Essa é Maria Eugênia, mãe da sua bisavó Fátima.

– Mas ela era negra?

– Sim.

– Ué? Mas a bisavó Fátima não era negra.

– Não era negra retinta, mas era parda.

– Como assim, mãe? Ela tinha os olhos verdes, a pele clara, o cabelo liso...

– Ela tinha os olhos verdes e a pele marrom, mas o cabelo não era liso natural, ela esticava. Olhe bem as fotos dela que você vai notar.

Olhei de novo para a foto da minha bisavó, mãe da minha avó, eu conhecia bem aquele rosto, convivi com ela até os dez anos de idade; mas nunca tinha me dado conta de que ela era negra. Agora que minha mãe falava, percebia seus traços.

– Verdade...

– Eu mesma só percebi que sua bisavó era mestiça quando adulta. Mas por que está espantada? Você se esqueceu do meu sonho com a minha tetravó? Eu sempre te disse que temos uma ancestral que foi escravizada e que os escravizados...

– Eu sei, eu sei, eu sei, mãe. Mas isso foi há séculos atrás, muito longe da gente. Agora a bisavó Fátima o tempo todo do meu lado e eu não me dar conta?

– Talvez por isso você nunca tenha notado que vovó Fátima era mestiça. Ela não se identificava com a negritude e se distanciou de parte da própria família. É muito difícil ser negro no Brasil, ainda mais mulher criando os filhos sozinha. É muita violência social, econômica, política e psicológica contra os mestiços, por tudo isso vovó Fátima foi forçada a agir dessa forma, como se fosse branca. Temos entre nossos ancestrais pessoas de muitas raças, Maíra. Mas essa mistura não aconteceu sem conflito.

– Tô chocada, mãe. O pai da bisavó Fátima também era negro?

– Só a mãe, o pai dela era branco... e foi apenas pai biológico, não a criou, era um mal caráter e ... Ah, minha filha. Tem muita coisa que desconhecemos. Existem muitas lacunas nessas histórias de família, por isso sua vó Ruth não gostava de conversar sobre esses assuntos.

– Tipo o quê?

– Ai, Maíra, quanta pergunta agora! Tipo racismo, abuso, machismo e tanta coisa que a maioria das famílias brasileiras enfrenta. – Minha mãe começou a perder a paciência na voz.

– Tá fazendo uma confusão danada na minha cabeça, mãe. Racismo e abuso na nossa família?

– São histórias pesadas que um dia eu te conto. Mas não agora, minha filha. – Desconversou.

– Por que agora não?

– Porque preciso sair e você não tem maturidade pra

ouvir e não precisa se preocupar com isso agora. Também não me sinto confortável em falar sobre esses assuntos cabulosos. – falou enquanto saía e me deixava sozinha.

Minha mãe não quis mesmo contar mais nada sobre os assuntos "cabulosos" – só esse adjetivo já assustou e me fez ficar na minha, mesmo cheia de curiosidade. Racismo, abuso e machismo não eram assuntos inéditos aqui em casa, era exatamente o que ela mais discutia quando se reunia com as amigas. Mas nunca falamos de racismo, abuso e machismo ocorridos dentro da nossa família. Agora todas essas palavras apareciam junto com a foto da minha bisavó negra e de repente se tornaram "assuntos cabulosos". Minha mãe estava fazendo comigo exatamente o que minha avó fez com ela e provavelmente o que minha bisavó fez com a minha avó: não conversar sobre as histórias incômodas e vergonhosas do nosso passado. E eu estava agindo da mesma forma com minha amiga Dayo ao fugir das questões que ela colocava sobre racismo. Eu só me dei conta desse meu jeito e da minha família lidar com esses conflitos depois da viagem que fiz e conto aqui.

Esse livro/diário é uma tentativa de não esconder mais nada, uma tentativa de não fugir dos acontecimentos violentos que tanto incomodam revelar, por mostrarem o que os brancos fizeram para se colocarem no centro do poder e o que continuam fazendo para não abrir mão dos seus privilégios. Me dei conta do quanto é difícil perceber e assumir isso pois significa admitir que existe diferença de oportunidades devido ao racismo no Brasil. Sei também que minha versão dos fatos é de uma pessoa branca e que reflete uma visão privilegiada e preconceituosa, mesmo eu tentando não ser assim. Sair da própria caixinha é muito mais difícil do que eu imaginava, mas se a gente não tiver coragem de errar ficamos presos pra sempre no mesmo lugar. E taí uma coisa que não quero.

Mas só penso sobre tudo isso agora. Enquanto via junto com minha mãe as fotos da minha bisavó Fátima, apenas me assustei com o fato de nunca ter percebido sua negritude e fiquei curiosa sobre o passado que ninguém gostava de falar. Eu sabia de uma ancestral que havia sido escravizada e que os escravizados no Brasil foram primeiro os indígenas e, depois, os negros, mas era como se fosse uma pintura em um livro de história, não sentia nenhuma conexão com esse fato. Achava que era algo distante que não tinha nada a ver comigo. E poderia ainda pensar assim, não fosse o maior acontecimento da minha vida.

(até hoje – porque tenho só quinze anos e muita coisa ainda pode acontecer, né?)

Bom, meu nome veio diretamente de um sonho da minha mãe com a tetravó que era neta de uma ex-escravizada negra, mas meu nome é de origem indígena. Ninguém nunca se perguntou o porquê de eu ter nome indígena, para mim segue sendo um mistério. Enfim, Maíra é como me chamam, e meu nome é repetido em casa a cada meia hora, eu já cronometrei.

– Maíra, pode me ajudar a preparar o jantar?

– Maíra, já fez a lição de casa?

– Maíra, já alimentou os cachorros?

– Maíra, sua irmã está precisando de ajuda, pode ajudar?

– Maíra, desliga a TV. Maíra, liga a máquina. Maíra, anda logo! Maíra, come devagar. Maíra, sai do celular. Maíra, vai ler um livro. Maíra, sai do celular!!!!

Muitas vezes eu tento desaparecer, me tranco no quarto ou me escondo no banheiro, porém meu nome é berrado até o som me encontrar e tirar meu sossego. Na escola não é muito diferente, meus professores têm predileção pelo meu nome na hora de perguntar algo, pedir pra resolver uma equação ou recrutar alguém pra escrever alguma coisa no quadro.

Foi dessa forma, na escola, durante uma aula de História, que tudo começou. Mas vou deixar pro próximo capítulo essa parte, acho que aqui já falei demais.

O PROFESSOR DE HISTÓRIA

Edmilson é o nome dele. Mas prefere ser chamado de Ed. E uma coisa é certa: ele ama História. Ama muito. E espera que todos nós sintamos o mesmo amor que ele. Por isso, está sempre propondo jeitos novos para gente se interessar pela matéria. E insiste bastante, repetindo frases lacradoras.

Obs: Professor Ed, se por acaso ler isso, fique sabendo que hoje em dia eu concordo com vc. #vivahistória

– Vocês precisam conhecer nossa História para não se transformarem em robôs que consomem informações que chegam nos celulares sem um olhar crítico. A História é o estudo de nós mesmos! Sem conhecer o passado, o presente não consegue se preparar para o futuro.

Ed é super descolado e divertido, todo mundo gosta dele. Quando entrou na escola não o levamos muito a sério, talvez pela pouca idade que tem. Daí ele dava cambalhotas ou plantava bananeiras na frente da turma até que todos percebessem sua presença e prestassem atenção. Achávamos engraçado esse jeito dele. Mas ele também trazia assuntos sérios. Houve uma aula inesquecível em que Ed ficou vinte minutos em silêncio, um protesto contra a chacina do Jacarezinho, quando a Polícia do Rio de Janeiro matou 29 pessoas durante uma operação. Sem entendermos muito bem o que estava acontecendo, ficamos quietos até ele nos detalhar a violência policial no bairro em que tinha vivido sua infância. No final da aula, muitos de nós estávamos tristes por saber daquele episódio cruel que já havia acontecido outras vezes em nossa cidade, ainda que longe do nosso bairro, e que ainda acontece enquanto escrevo essas linhas.

As aulas do Ed são sempre intensas, independentemente do assunto. Seria mais simples ele explicar, a gente ler os textos dos livros e responder às perguntas. Mas ele propõe trabalhos de pesquisa, jogos, teatro, visitas a museus, análises de músicas, quadros, fotos, filmes. Cada assunto novo vem com uma nova ideia que nos dá muito trabalho. Porque tudo isso, Ed? A gente sempre perguntava, com esperanças de ele desistir das tarefas extras.

– Porque precisamos ir além do que está escrito nos textos dos privilegiados que escrevem o que aconteceu a partir do ponto de vista deles, mas que não são donos da verdade. A verdade tem muitos lados... Precisamos refletir sobre os acontecimentos ouvindo as mais diversas fontes...

Quando ele falava dessa coisa da história contada pelos privilegiados eu imaginava um jogo entre o Flamengo e o Vasco em que o Vasco ganha com um pênalti roubado. Se só os vascaínos contarem como foi o jogo, duvido que iam dizer a verdade sobre o gol roubado. Não querem admitir que venceram roubando. Mas se deixassem os flamenguistas descreverem a partida com certeza iam falar da injustiça e que o pênalti deveria ser anulado. Já o juiz não confessaria seu erro ao privilegiar o Vasco. Era só pensar nessa situação futebolística que fazia sentido para mim tudo que o Ed falava de "privilegiados, vencedores e verdade com muitos lados".

Sobre os trabalhos que Ed dava para a gente fazer, não foi diferente no ano em que o Brasil comemorou duzentos anos de independência de Portugal. O que poderia ser resolvido com um bolinho de parabéns, se tornou um projeto de semanas a ser realizado por todos nós.

Ed dividiu a turma em vários grupos e cada um deveria escolher uma das atividades que ele escreveu no quadro.

Três semanas para pesquisa e preparação das apresentações, que seriam feitas por nós, do oitavo ano, para todos da escola.

Somos duas turmas de oitavo ano na minha escola, temos mais ou menos as mesmas idades, os mesmos professores, vivemos na mesma cidade em bairros próximos, mas somos completamente diferentes. Nossa turma, Oitavo A, é conhecida na escola por ser a turma mais agitada e o Oitavo B, a turma mais comportada. No entanto, a realidade é que nossa turma é a mais divertida e a outra é bem sem graça. Então, sempre que organizam uma excursão ou atividade que juntam as turmas é meio caô, porque, na real, continuamos separados por falta de afinidade. E sempre rola uma rivalidade que se resume em: a gente sendo mais maneiro e eles tirando as melhores notas.

Ed deixou a gente formar por conta própria os grupos, e lógico que ficamos Dayo, Gabo, Lili e eu juntos, meus melhores amigos. Escolhemos como atividade analisar os erros do quadro "Independência ou Morte", de Pedro Américo, por uma simples razão: parecia o mais fácil. Dayo tinha faltado justo neste dia e não pôde opinar na escolha, e depois Ed não a deixou mudar de tema nem de grupo.

Lili, Gabo e eu nem nos preocupamos com o trabalho, pois numa primeira busca no Google apareceram muitas páginas de educação com o título "conheçam os erros do quadro independência ou morte de Pedro Américo". Ou seja, era só copiar o texto mudando as palavras para o Ed não perceber. Poderíamos fazer tudo em um ou poucos dias e aproveitar o tempo juntos para outras coisas que considerávamos mais importantes, como jogar ou ir à praia.

Dayo foi a única que se incomodou, queria trabalhar na pesquisa, trazer outras referências e problematizar a própria questão dos erros no quadro a partir de um olhar antirracista.

Como Dayo era minoria e não abriu mão de elaborar melhor nossa apresentação, ficou de fazer o trabalho sozinha e apresentar em nome do grupo, nos livrando de todo o processo. A gente tentou convencer ela de que não valia tanto esforço, mas não teve jeito, ela preferiu assim.

Talvez eu até teria ajudado Dayo se fosse em outro momento, mas calhou de ser uma semana especial para mim e só isso me importava: minha mãe viajaria com minha irmã para desfazer a casa da minha avó que havia sido vendida, meu pai estava fora do Brasil em turnê e eu ia passar esse tempo na casa da Lili.

Naquela época não fazia o menor sentido abrir mão da minha liberdade para falar da independência do Brasil. A única independência que me interessava era a minha, bem longe das regras da minha casa.

Pra melhorar, Lili estava na casa do pai, e eu simplesmente achava ele o pai mais irado de todos: tempo livre de celular, comida só de delivery e podendo ir dormir apenas quando desse sono! Depois de mais de dois anos de pandemia, da morte da minha avó, do distanciamento de Dayo e de um bimestre superchato, com minha mãe pegando no meu pé por conta do celular, eu achava que estava tudo muito maravilhoso, parecia um sonho. E minha felicidade parecia atrair só coisas boas. Foi uma semana de sol incrível, saíamos da escola para a praia e da praia para o clube, duas idas ao cinema, além de tardes e madrugadas intensas trocando mensagens e jogando on-line. Ainda por cima, justo nessa semana, ganhei muitos novos seguidores, recebi curtidas e mensagens de vários *crushs* que nunca pareciam me notar.

> Que maravilhosa! Nossa você tirou muita onda nesse post.
> Depois me mostra como vcs fizeram essa edit, qual app?

Era Alex, em uma mensagem direta e privada pra mim!! Mal pude dormir, pensando como deveria responder para combinar de mostrar os apps.

<3 só chamar.

Foi o melhor que pude responder logo que abri os olhos na manhã seguinte. Mas não tive tempo de ver a resposta de Alex, pois acordamos atrasadas e corremos pra escola, de carona com o pai da Lili.

O ACIDENTE

Tudo ia bem até o dia da apresentação do trabalho. Com tanta coisa boa acontecendo, nem me dei conta que já era a data do evento. Quando chegamos na escola, o circo estava armado. Todo mundo no auditório, o pessoal da turma B concentrado, revendo textos, organizando imagens pra projetar, tinha um grupo todo fantasiado com roupas de época, meio cosplay, outro com instrumentos musicais, seria um grande espetáculo. Nosso grupo ficou reunido em um canto da plateia, na expectativa da Dayo chegar com o texto e fazer a apresentação, pra gente se livrar logo daquilo e relaxar.

– Bom dia, oitavo ano! Chegou o grande dia, vamos entender juntos e de várias formas como foi o acontecimento da independência do Brasil! – falou todo entusiasmado o professor Ed.

– Vejo que teremos muitas novidades e fico muito feliz que vocês tenham se dedicado tanto a esse projeto. É muito importante revisitar esse período em que tantas coisas aconteceram e reverberam até hoje em nosso país.

– Caraca, Gabo, será que só a gente vai ler um texto e pronto? – Perguntei depois de ver toda a parafernália e dedicação dos outros grupos.

– Relaxa Maíra, a Dayo arrasa muito. Até lendo ela é um mito. E deve estar demorando porque está se preparando bem. Vai ser sucesso! – Me tranquilizou Gabo.

– Tomara – disse a Lili um pouco tensa também.

Houve uma rápida disputa entre os grupos para saber quem ia começar e quem ia fechar as apresentações. Ed resolveu intervir e decidir ele mesmo a ordem das apresentações e, obvio, como eu disse, o karma do meu nome... o primeiro que ele chamou foi:

– Maíra.

– Oi? – respondi, fazendo a distraída.

– Pode vir com seu grupo para começar. Vai ser interessante a gente iniciar com os erros do quadro e seguir aprofundando os temas.

Pois é, era tudo que nós desejávamos: sermos os primeiros a apresentar e acabar logo a nossa parte. Mas faltava a Dayo e, sem ela, não éramos nada.

– Professor Ed, a Dayo ainda não chegou e escolhemos ela para falar.

– Ué, mas já passou muito da hora da entrada. Podem começar sem ela. Se o grupo trabalhou junto, imagino que qualquer um de vocês pode apresentar... – falou o professor, já desconfiando que a gente tinha empurrado tudo pra Dayo.

– É que a Dayo está com o texto impresso.

– Ai, gente, deixem de enrolação! Nosso grupo também usou o quadro no trabalho, temos aqui a imagem pra projetar se quiserem, é só vocês mostrarem onde estão os erros, simples – disse Breno, garoto insuportável da turma B, sentindo que estávamos em apuros e querendo deixar a gente sem saída.

– Professor, acho injusto com a Dayo, ela se preparou muito pra isso e vai ficar chateada de não participar. Não podemos esperar mais um pouco? – falei, querendo ganhar tempo.

– Tá bom, podemos esperar, Maíra. Mas será prudente você ir até a secretaria e ligar pra ela pra ver o que está acontecendo.

– Certo, professor. Obrigada. Vamos comigo, Lili?

– Não, Maíra, não precisam duas pessoas para ligar pra uma. Você pode ir sozinha enquanto o restante do seu grupo assiste as apresentações. E vai num pé e volte no outro, pra não perder muito tempo.

– Pode deixar, professor – respondi. Sentindo que todos me olhavam.

Saí do auditório apavorada. "Que será que houve com a Dayo, ela não deixaria a gente na mão". Corri para a secretaria e pedi permissão para usar meu celular. A diretora deixou. Mandei uma mensagem:

Dayo, sua doida. Cadê você? Que vacilo!

Má! Que bom que vc tá online!

Sim, mas por pouco tempo, o Ed me deixou vir aqui na secretaria bem rápido. Kd vc?

Cara, se liga. Tava indo pra escola com minha mãe, aí o carro de trás bateu na gente e agora estamos aqui resolvendo tudo no meio da rua.

MDS. vcs tao bem?

ta tudo bem, foi so uma batidinha. sq o cara que bateu na gente é um idiota, está dizendo que a culpa foi da minha mãe, os policiais passando pano por cima pra aliviar o cara e minha mãe
acusando geral de racismo. Ta um confusão danada agora, a gnt X o mundo, pra variar. Não vou pra escola, tenho que ficar pra ajudar ela. O que era uma batidinha virou luta política .

Nesse momento que Dayo falou de racismo eu buguei um pouco, lembrei da minha bisavó Fátima na hora. Assim como eu nunca havia notado que ela era negra, de certa forma também não notava Dayo e não me interessei muito pelos desabafos dela sobre o preconceito que sofria na escola. Eu ficava triste com o que a Dayo me contava, mas achava exagero dela. A verdade é que eram coisas que não atraíam minha atenção. E foi isso que aconteceu: rapidamente esqueci da minha bisavó e do problema que Dayo e a mãe enfrentavam, porque, para mim naquele momento era mais urgente não pagar mico no auditório na frente de geral do oitavo ano.

Não creio, Dayo! Logo hj!! Vacilo, mana...

E eu lá escolhi isso ...

Eu sei, foi mal. É que to tensa aqui

O Ed não vai aliviar?

Não, ele quer que qualquer um de nós apresente pelo grupo. Não tenho como dizer que não fizemos nada.

Putz, e agora?

Poisé..E agora????

Má, aproveita esse tempo aí na secretaria com o celular liberado, faz a busca no Google e decora os erros do quadro, ou copia num papel, sei lá. Te vira. Voces iam fazer assim mesmo se eu não tivesse escolhido fazer de outro jeito

EU? Ta falando pra eu fazer isso aqui agora e sozinha?

Tem outra ideia? Eu fiz tudo sozinha. Vcs quiseram assim. Agora nao posso ajudar...

Ta certa.... Fui...

Boa sorte

Bj

Na secretaria, com as mãos suadas, comecei a digitar a busca sobre o quadro e os erros .

– Terminou? – perguntou a diretora.

– Não. Quero dizer, mais ou menos... A Dayo e a mãe bateram de carro, ela está vendo com a mãe dela se vai poder vir. Tô só esperando ela responder e já volto pro auditório. Respondi para a diretora, para usar o tempo que pudesse para fazer o trabalho ali mesmo na secretaria, da forma que fosse possível.

– Nossa, elas estão bem?

– Estão.

– Então anda logo que já está demorando muito nesse celular aí.

– Tá bom, diretora.

Digitei a pergunta "Erros no quadro brasileiro" e só apareceram notícias sobre erros no quadro do campeonato brasileiro de futebol. "Como assim?! Aquele dia a gente fez a busca e apareceu tão rápido". Maldito algoritmo. Eu estava muito nervosa, não conseguia pensar, fiquei me imaginando na frente das turmas, todo mundo me assistindo pagar mico, Breno se deliciando, Alex me achando ridícula, Lili chorando... um caos.

Percebi que minha busca estava péssima, precisava de mais detalhes, mas não lembrava do nome do quadro, nem do pintor, nem do ano da independência, não lembrava mais nada, mal lembrava do meu nome.

A diretora me encarava séria, depois foi ficando com cara de assustada enquanto me olhava:

– Maíra, tá tudo bem? – Disse e veio vindo na minha direção. Deixei o celular cair com a busca exposta.

"Caramba, ela vai contar pro Ed que eu estava fazendo o trabalho agora..." – pensei.

Fui ficando sem ar, enjoada, zonza. A sala e a diretora foram ficando lusco fusco.

– Maíra? Maíra! Você está me ouvindo?

Tentei responder alguma coisa, mas não consegui.

– Maíra, está tudo bem? Maíra, você está muito branca? Maíra...

Tudo escureceu enquanto eu ouvia: "Você está muito branca, branca, branca...".

A VIAGEM

– Maria?

Acordei com uma voz grossa me chamando de Maria. Era um rosto embaçado quase em forma de dois ou três rostos, minha visão procurando foco.

– Maria, beba um pouco desta água.

Olhei melhor e não reconheci a pessoa. Fiquei quieta, para entender o que estava acontecendo. Me sentia muito tonta, minhas mãos ainda molhadas de suor e um enjoo fazia meu corpo tremer. Tentei levantar, mas perdi o controle das pernas, fiquei bamba como um boneco inflável e aquele estranho teve que me abraçar para que eu não caísse. Depois ele me sentou no chão mesmo.

– Moça, me assustaste. Tens um ferimento na cabeça, é preferível que fique sentada e beba um pouco de água.

Era uma pessoa vestida de forma estranha, um jovem negro de uns dezoito anos talvez. Ele me encarava sério, assustado com minha presença, assim como eu, por ali estar.

– Cadê a diretora? – perguntei baixinho.

– Diretora? Quem é diretora? Maria, aparentemente bateste forte com a cabeça, caíste de repente em minha frente, não sei de onde surgiste e não tinha nenhuma pessoa em vossa companhia. Viestes nas embarcações?

– É Maíra! – respondi.

– Maíra? O que é isso?

– Maíra é meu nome.

– Vosso nome é Maíra? Vosmecê disseste "Maria", ao acordar.

– Não disse "Maria". Esse não é meu nome, como

diria um nome que não é o meu? E você, quem é? – falei um pouco irritada.

– Feliciano.

– Feliciano? Sério que seu nome é Feliciano?

– Moça, não é seguro uma senhorinha de vossa idade estar a vagar sozinha, vestida como um homem, machucada e confusa pelo Largo do Palácio. Vosmecê precisa se recompor para que te lembres para onde estavas a ir.

– Você tá de onda comigo? Que brincadeira é essa?! Por que fala desse jeito bizarro?

Ele falava de um jeito bem esquisitão, mas dava pra entender, parecia um pouco com o português de Portugal. Eu até tentei imitar escrevendo aqui da forma que eu lembro, só para quem ler sentir o clima da situação. Mas não era exatamente assim que ele falava. Vou continuar contando nossa conversa normalmente a partir de agora.

Feliciano permaneceu me encarando e espantado comigo.

– Ah, já saquei, você é do grupo de cosplay da turma B! Foi convidado pra apresentação deles no trabalho de história? Caraca, a galera caprichou mesmo. Na boa, pode parar de encenar, não tô nem aí pra essas besteiras.

– Moça, não compreendo o que está dizendo. Procure se recompor e me contar com quem estava e para onde pretende ir.

Então me lembrei do celular, da pesquisa sobre o quadro da independência, e da diretora assustada vindo em minha direção... Ou esse rapaz estava levando muito a sério a encenação ou algo grave estava acontecendo. Pensei que devia ter desmaiado na escola e me encaminharam para um posto de saúde e estava viajando com remédios que me deram. Ou pior: havia enlouquecido, estava num hospício e esse rapaz era um enfermeiro e eu, em meu delírio, achava que ele era alguém do oitavo ano.

Finalmente reuni forças para ficar em pé sozinha e percebi que não estava na escola, nem em um hospital, mas numa espécie de praça, enorme e na beira do mar.

Olhei em volta, mas não reconheci o lugar. Havia alguma coisa familiar, como se fosse um cenário de algum sonho, desses que ficam se repetindo e gravados no nosso inconsciente e que só lembramos quando sonhamos de novo com o mesmo lugar. Era uma praça grande, sem nenhuma estátua ou jardim, apenas um chafariz em forma de castelinho com escadas que davam num cais e então víamos o mar. Muitas pessoas indo e vindo a pé, algumas em cavalos, gritos de gente vendendo e descarregando coisas dos barcos. Lá longe no mar dava pra ver navios de madeira grandes e antigos. As pessoas se vestiam com roupas de época, a maioria negra, aliás, logo me dei conta de que eu era uma das poucas pessoas brancas no local. Pensei estar em algum país da África, se não fosse o rapaz me dizer:

– A senhorinha deve ter vindo em uma das embarcações de tripulantes e mercadorias estrangeiras. Pela forma que pronuncia as palavras, deve ter aprendido português em outras terras. Vou te ajudar para que se lembre, Maria: você está na província de São Sebastião do Rio de Janeiro, no Brasil. Longas viagens podem deixar os pensamentos confusos. Provavelmente você se perdeu no desembarque, mas não deve ficar por aqui, chamará atenção com essa roupa, ainda mais com esse machucado na testa.

– Mas como saímos da escola e viemos parar aqui? E onde estão todos, por que estou sozinha aqui?

– Moça, não compreendo o que diz, não sei nada sobre você e muito menos com quem anda – disse agora impaciente e continuou falando seus pensamentos em voz alta.

– Preciso pensar rápido, senão vai complicar pra mim... Por que você foi cair logo na minha frente? Eu devia ter seguido meu rumo e ignorado você, mas não... Agora me encrenquei feio. Vão achar que fui eu que te machuquei. Se te levo para Casa de Misericórdia vai me causar problemas por não saber explicar de onde veio. Você escolheu um período péssimo para se perder no Rio de Janeiro, viu? Estão todos nervosos com a situação política... – Enquanto pensava alto, o rapaz se mostrava mais irritado e ansioso para resolver a situação – Pior ainda é nós dois parados aqui, uma branca machucada vestida de homem conversando com um preto no meio da praça... – Por fim, concluiu: – É preferível que me siga de perto, sem falar mais nada, eu te conduzirei a um local seguro para que se recomponha e possa tomar seu rumo depois e não me trazer problema.

– Peraí. Você disse que estamos no Rio de Janeiro? – perguntei ao rapaz, de tudo que ele disse, essa informação foi a que mais me deixou perplexa. Ele só confirmou com a cabeça, concentrado em se livrar de mim. Bom, se eu estava mesmo no Rio de Janeiro e não em outro país, só poderia ser em outra época, por isso ele falava daquele jeito e por isso aquela paisagem cheia de gente e coisas antigas... Será que de alguma forma viajei no tempo através do celular? A minha suspeita era surreal e mesmo com medo do que ouviria, resolvi perguntar pra confirmar:

– Moço, em que ano nós estamos?

– Não sabe o ano em que estamos? Pelo visto você está muito mais atormentada do que eu supunha. Estamos em 1822. Olha, me siga que vou te tirar daqui, mas por favor, finja que não me conhece – disse isso e partiu em passos lentos à minha frente, para que eu o seguisse. Não tive muito tempo para pensar sobre o que acabava de descobrir, precisava sentar e ficar em silêncio para tentar entender o que estava acontecendo.

Contrariando tudo que minha mãe e meu pai me ensinaram sobre proteção, segui aquele desconhecido sabe-se lá pra onde. Sempre um passo atrás, como se não o conhecesse, conforme ele me orientou antes de sair da praça. Esse sujeito poderia ser um *serial killer*, mas era o único que eu conhecia naquele lugar, quer dizer, que conhecia não, mas era o único que havia falado comigo. Enquanto caminhava atrás dele, observei melhor tudo a minha volta e tive certeza que o que ele me disse era verdade. Eu estava no Brasil, no Rio de Janeiro de outro tempo, provavelmente no centro da cidade, pois à minha volta havia muitas mulheres e homens carregando coisas de um lado para o outra, cavalos e carroças, as ruas de pedras e terra, as casas antigas. Tive tanto medo do que se passava que caminhei com a cabeça baixa, observando tudo pelo canto dos olhos.

Seguimos por algumas ruas que lembravam as que ainda existem no centro da cidade atual, mas sem nenhum prédio e nenhum asfalto. Quase todas as casas que vi tinham dois andares, com janelas e portas de madeira bem grossa que abriam direto para rua, sem calçada de pedestre. A impressão era de que não havia ninguém dentro das resistências silenciosas e fechadas, totalmente diferente da bagunça lá fora. Muita gente pra cima e pra baixo gritando, mercadorias e serviços à venda. No ar, um cheiro horrível que misturava odor de peixe podre com cocô e xixi. Parecia que tinha acabado de passar um bloco de carnaval numa rua de feira livre.

Torci para chegar logo, para onde quer que fosse que aquele rapaz me levava. Queria me esconder do que eu via antes que fosse vista, me senti uma invasora que poderia ser descoberta por qualquer pessoa que me rodeava.

Depois de mais alguns minutos caminhando, paramos em frente a uma casa. Feliciano entrou por uma porta lateral e sumiu por um corredor escuro. Perdi ele de vista em função do conflito entre o escuro de dentro e a luz forte de fora. Fiquei na rua, olhando para o interior da casa, com medo de desmaiar novamente. Pensei em correr de volta para o local de onde ele me tirou, para não ser notada ali, estacionada em frente a uma casa como uma *stalker* ameaçadora - essas pessoas que seguem obsessivamente outras. Antes que eu corresse, o rapaz retornou à porta e acenou irritado para que o seguisse logo. Tremi. O que seria pior: entrar naquele corredor sombrio com um jovem que nunca vi ou permanecer ali fora, sozinha e sem ter para onde ir? Escolhi a primeira opção, um degrau acima da rua e estava dentro da escuridão misteriosa.

O SOBRADO

Eu não enxergava um palmo na frente do meu nariz, então acompanhei o barulho dos passos de Feliciano no piso de madeira para saber para onde ir. Mas como estava assustada, fui bem devagarzinho.

– Vem logo Maria, por aqui, até o fim do corredor.

Ele insistia em me chamar de Maria e eu insistia em confiar nele, me enfiando mais e mais dentro de uma casa obscura qualquer. Como pude seguir uma pessoa que nem conseguia guardar meu nome? Eu dava um passo e me arrependia e fui assim desconfiada até o final do corredor, quando ele parou e disse:

– Entra aí e fica bem quieta. Por favor, não saia por razão alguma. – E saiu.

Obedeci outra vez, a pancada que machucou minha testa deve ter me deixado meio besta pra me arriscar a esse ponto. Aos poucos minha vista se acostumou ao ambiente e percebi que estava numa espécie de porão, sem janelas, com algumas esteiras de palha no chão e uma única porta que dava no corredor por onde entrei. Sentei numa das esteiras e tentei ficar calma.

Devo ter permanecido naquele lugar por alguns minutos que se arrastaram feito horas. Acho que já estava anoitecendo quando entrou uma menina negra e me olhou assustada, mas de uma forma que me fez ter certeza que a haviam avisado que eu estava lá.

– Oi. – eu lhe disse, depois de alguns segundos em que ela me observava sem falar nada.

Ainda sem responder e sem deixar de me encarar

admirada, ela aproximou uma iluminação ao meu corpo para poder me enxergar melhor. E então pude vê-la melhor também. Era do meu tamanho, tinha o cabelo bem preto, como a cor da sua pele, cortado bem curtinho e usava um vestido azul de algodão. Seus lábios eram grossos e a parte superior lembrava o desenho de um coração. Os olhos redondos me olhavam com profundidade, tentando me ler, descobrir algum segredo.

– Esse é seu quarto? – perguntei para ser educada – Mil desculpas por essa invasão... mas eu estava perdida, e um rapaz que disse que se chama Feliciano me trouxe até aqui e sumiu. Se eu tiver te incomodando posso ir embora. Mas eu não sei pra onde ir, estava na escola, ia apresentar um trabalho, fui na sala da diretora falar com minha amiga pelo WhattsApp e, de repente, acordei numa praça ou praia, ainda não sei... não sei o que pode ter acontecido. Aliás, pode parecer que sou maluca, mas acho que fiz uma viagem no tempo. Se foi isso, vai parecer mais doido ainda eu te dizer que sou do futuro, duzentos anos pra frente desse tempo que é agora e é o presente pra você. Mas pra mim é passado... Imagino que você não vai acreditar, se eu tivesse no seu lugar eu também não acreditaria...

– Schiiiii – ela disse para eu parar com o meu monólogo.

– Desculpa, estou em pânico.

– Faça silêncio.

– Ok – respondi, me achando uma tapada por falar tanta coisa sem sentido.

Era uma garota séria, mas senti alguma simpatia por ela. Embora constrangida com minha presença de surpresa, havia firmeza nela. Eu fiquei mais tranquila e me senti menos em risco por ser uma menina.

– A Senhorinha não pode ficar aqui. Foi Feliciano quem te trouxe, mas ele não pode voltar agora. O que ele fez é muito arriscado. Precisamos sair antes que os outros te vejam. Estão trabalhando, mas daqui a pouco vêm pra cá, temos pouco tempo. Levarei a senhorinha para os aposentos de Miss Grace, será mais seguro. Quando estivermos lá, conversamos melhor.

Depois de dizer isso, ela apagou a luz do lampião que segurava e me puxou pelo braço, me levando novamente para aquele escuro pavoroso. Atravessamos o corredor escondidas e, em passos rápidos, subimos as escadas de madeira para o segundo andar da casa com muitas portas. Ela me empurrou por uma delas e fechou a porta atrás de nós. Enfim, eu estava aparentemente em um quarto com uma cama e uma janela que deixava o finzinho da luz do dia entrar.

– Espere aqui, vou chamar Miss Grace.

Fiquei aliviada, senti que estava em um local mais seguro, ao menos era o quarto de uma casa. Agora precisava esperar essa tal Miss Grace que devia ser a dona de tudo. Sentia uma tensão no ar por conta daquele jeito de sussurrar da menina, a existência de pessoas que não deveriam me ver, o sumiço do tal Feliciano, o vazio do quarto e a espera por uma mulher de nome "Miss Grace". Se coloquem no meu lugar e imaginem o pavor da situação. A questão agora era se essa mulher me ajudaria ou se me entregaria para um hospício, ou eu já estava em um hospício? Realmente não sabia o que fazer e fiquei parada feito tonta esperando o que ia acontecer.

Passou pouco tempo para a menina voltar, trazendo junto dela uma mulher de uns trinta e tantos anos, com aparência de gringa e um estilo que lembrava uma dessas pinturas renascentistas. Ela estava com um longo vestido azul claro, da mesma cor dos seus olhos, tinha a pele muito branca e cabelos ruivos amarrados para trás num coque. Me olhou com cara de nojo e, sem me dirigir a palavra, falou para a menina:

– Thereza, o que está acontecendo? Quem é essa?

– Sinto muito, Miss Grace, sei pouco mais que você. Feliciano me abordou ainda pouco na cozinha e contou em segredo que havia uma estranha escondida no porão, pediu-me para trazê-la aqui antes que fosse descoberta, pois poderiam castigá-lo por tê-la posto dentro de casa.

– Mas ele é mesmo um irresponsável! Por que Feliciano a trouxe para essa casa?

– Conhece bem Feliciano... Ele contou que encontrou ela caída machucada perto do cais e foi tentar ajudar, mas que ela nem sabe de qual embarcação veio. Daí ficou com medo de acharem que ele tinha feito alguma coisa com ela. Ele acha provável que seja estrangeira e inglesa, como a senhora, porque fala de um jeito diferente. Falou também que a moça está muito confusa e não diz coisa com coisa. Sem pensar direito, trouxe para cá para a senhora ajudar.

– E como eu poderia ajudar? Está nítido que é uma menina insana largada por aí a própria sorte...

– Acho que Feliciano pensou que por ser estrangeira como a senhora seria a melhor pessoa pra ajudar.

– Estrangeira nada! Provavelmente perdeu a razão e foi abandonada para não pagarem seus custos com moradia e comida. Ou coisa pior, Thereza. Ou coisa pior que não ouso dizer... você sabe bem que tipo de mulher anda a vagar sozinha pela zona portuária. Inda mais branca como ela... E que roupas são essas? Parece um menino! Imagina se tem doença contagiosa? O que deu em Feliciano para recolhê-la da rua? Imagina se passa a trazer qualquer uma que encontra por aí para essa casa! Thereza, não posso acatar uma atitude dessa de Feliciano, de jeito nenhum!

– É mais possível a primeira hipótese que você levantou Miss Grace, se me permite opinar, olhe bem, ela não parece uma mulher como as que se vedem no Porto. Veja essas roupas e o cabelo, nunca vi nenhuma desse jeito. Deve mesmo ter perdido a razão por algum motivo. No porão, ainda pouco, me disse que veio de um outro tempo ou de um lugar chamado Futuro. Perdoe-me, Miss Grace, mas, por Feliciano, não pude deixar que os outros a vissem. Juarez pode chegar a qualquer momento e dar com a língua... A Sinhá o castigaria... Precisamos resolver a situação sem causar-lhe problemas, ele não fez por mal.

– Feliciano não agiu de forma correta. Catar uma moça desorientada para que eu a ajude? Não bastasse tudo que preciso me ocupar nesse sobrado? E de maneira nenhuma poderei esconder uma sujeita qualquer da Sinhá Alda em sua própria casa.

– Maria. Feliciano disse que o nome dela é Maria.

– Não é Maria e sim Maíra. Meu nome é MaÍra, com acento agudo no "i" que vem antes e não depois do "r"... Compreenderam? MaÍra... – Pronunciei meu nome esticando o "i" com o músculo do queixo, para dar ênfase não só ao som da vogal, mas à minha sanidade e capacidade de compreensão, visto que as duas não me dirigiam a palavra enquanto falavam de mim e me analisavam. Eu precisava fazer alguma coisa para que parassem de me julgar como alguém sem condições mentais. Precisava ser rápida para perceberem que eu não era doida.

– Ora, ora! Vejo que sabe soletrar bem! – disse a inglesa com admiração e ironia. – Pois então seu nome é Maíra? Nunca ouvi esse nome, de onde vem?

– É indígena – respondi bem metida e com a boca cheia. Queria mostrar como eu era esperta agora que uma pergunta era feita diretamente pra mim.

– Indígena?? Você quer dizer das Índias!? – Perguntou a tal Miss Grace, e continuou:

– Nunca ouvi dizer de ingleses com nome de batismo indiano. Você nasceu na Inglaterra ou nas Índias?

– Não consegui responder pois fiquei surpresa com o espanto de Miss Grace sobre a origem do meu nome. Ela prosseguiu com as suposições, de novo olhando para Thereza e não para mim. Achei que tinha arrasado com minha postura, mas acabei chutando pra fora do gol.

– Com esse nome deve ser bastarda de algum tripulante da Cia Britânica Das Índias Orientais... Por certo foi despachada aos trópicos clandestinamente em um navio logo que perdeu a razão... Ou pior, Thereza, ou pior... Você sabe bem para que mandam essas moças para os lados de cá. Imagine a reação de Sinhá Alda com uma pessoa dessa categoria na casa. Não quero nem pensar.

Me dei conta de que havia mandado muito mal em achar que relacionar meu nome a cultura dos povos originários faria algum efeito. Que estupidez a minha! Depois da besteira que fiz, arrisquei dar corda para uma das hipóteses levantadas pela própria gringa, eu precisava conquistar a confiança dela de algum jeito.

– Mais ou menos isso, Miss Grace, não vou mentir. Meu pai e minha mãe são ingleses, mas não sou bastarda. Meu pai era capitão de um navio e morreu a caminho da Índia, lugar que amava muito e onde queria que vivêssemos em família. Só de lembrar tenho vontade de chorar... Minha mãe estava grávida de mim e quis homenageá-lo através de meu nome, que ele lhe contou ser bastante comum na Índia. – E segui mentindo bizarramente usando minha habilidade do curso de teatro que fiz por um tempo – Agora, contando tudo

isso pra senhora, me lembro melhor: embarquei num navio da Inglaterra para o Brasil, minha mãe recebeu uma proposta para trabalhar aqui.

As duas acompanhavam minhas explicações com expressões que pareciam menos desconfiadas. Continuei arriscando uma história esdrúxula e mirabolante. Sentia pressão pelos olhares reativos às minhas frases emendadas umas nas outras. Fui me arrependendo a cada palavra que dizia, elas jamais acreditariam...

– Minha mãe estava comigo no navio, fomos atacados por piratas terríveis e horrorosos que saquearam a embarcação e assassinaram muitos passageiros. Eu consegui fugir com outras pessoas... nós nos escondemos no convés... – Eu nem sabia o que era um convés, mas já havia escutado essa palavra relacionada a um navio e resolvi usar. – ...é tudo que lembro, não sei como cheguei sozinha aqui no Brasil... também não sei onde minha mãe foi parar. Estou desesperada! – apelei.

– Devem ser corsários atrás do ouro das Minas... – pensou alto Miss Grace.

Ao ouvir isso, não pude crer que elas acreditaram na mentira mais deslavada que inventei na vida. Pela reação, imaginei que devia acontecer de navios serem atacados por piratas naquele período histórico, afinal, estávamos em uma época em que todo o ouro do Brasil ia para Portugal em navios, pelo que lembro do Ed ensinar... meu chute de olhos vendados agora acertou direto pro gol, comemorei em meus pensamentos.

– Ainda está muito estranha essa história. – De novo Miss Grace, com sua desconfiança, e em seguida me desafiou. – Se é mesmo inglesa, fale-me algo em nossa língua natal.

Até hoje não sei de onde arranquei com frieza, de dentro de mim, a frase:

– *Off course. My name is Maíra, Nice too meet you both. And thank you for having me in your home.* – Agradeço mil vezes meu curso de inglês desde os oito anos, que fiz obrigada pela minha mãe, e do qual sempre reclamei...

– *Nice to meet you too, Miss Maíra. And tell me, What's your family name?* – Ela falou algo não exatamente assim, também com inglês antigo como o português que ouvi até então. Mas eu entendi, acho que por necessidade de sobrevivência a gente consegue se comunicar.

– *My last name is Winehouse and my family came from the North of England* – respondi um tanto aflita e insegura de minha pronúncia e se estava mesmo entendendo as perguntas. Bem que minha mãe dizia que um dia seria muito importante saber inglês fluente. Achei que fosse precisar desse inglês num futuro distante, mas por ironia da vida, precisei gastá-lo em um passado distante.

Outro detalhe engraçado, olhando agora pra trás, porque na hora não tinha nada de engraçado acontecendo, é que eu escolhi como sobrenome Winehouse porque era o único nome de uma pessoa inglesa que lembrei, o de Amy Winehouse, musa inglesa do rock dos anos dois mil que minha mãe e eu ouvíamos juntas enquanto cozinhávamos.

#Óbvio que antes lembrei do Harry Styles, esse sim, meu ídolo, mas achei que era arriscado ter "Estilos" como sobrenome, além do mais Winehouse parecia um nome importante de gente antiga.

– "Winehouse", não conheço esse sobrenome.

– It's a very important england family – afirmei com segurança fingida.

Thereza riu da nossa conversa em inglês, enquanto Miss Grace fez carão e se movimentou para o outro lado do quarto, olhando o vazio da parede de costas pra gente. Por fim, sem tornar a virar de frente disse, como uma professora de educação infantil que surpreende criança fazendo besteira:

– Bom, senhorita Maíra Winehouse. Como podemos lhe ajudar?

Respirei aliviada, Miss Grace caiu no meu caô e aparentemente não me considerava mais uma doida varrida que perambula pela praça. "Ou coisa pior", como ela repetia.

– Agradeço muito se me ajudarem a retornar para casa. Mas nem sei por onde começar. Preciso me lembrar exatamente como vim parar aqui e o que houve com minha mãe. – Parte do que eu dizia era verdade, só queria conseguir um lugar pra ficar até entender o que estava acontecendo e porque virei viajante no tempo.

– Não sei como podemos ajudar, sem que se lembre de algum fato mais contundente, Miss Maíra.

– Se me permite dar uma sugestão, Miss Grace. – falou Thereza.

– Sim, diga.

– Podemos procurar notícias sobre desaparecidos na Intendência Geral da Polícia e nos jornais, quem sabe a mãe dela está à procura? Vamos pedir ao Feliciano para sondar pelo Cais e saber notícias de alguma embarcação que atracou recentemente, vindo da Inglaterra. Ou qualquer assunto sobre navio atacados por piratas. Devem estar comentando no Porto – propôs Thereza.

– Mas isso nos tomará tempo, e Maíra não tem onde ficar. – Miss Grace não facilitava o meu lado. – Sinhá Alda não dará abrigo pra ela com essa história estranha e desencontrada que acaba de contar. Sinto muito, mas você precisa sair dessa casa antes que ela descubra sua presença.

– Por favor, não me levem para a rua outra vez. É tudo muito assustador para mim, não tenho dinheiro nem roupa nem casa não sei para onde ir, estou desesperada. – supliquei de maneira vergonhosa.

– Sejamos razoáveis, não podemos mantê-la aqui, repito. Logo que todos dormirem terá que deixar essa habitação. Te darei alguns contos para que alugue um quarto até que recupere a memória.

– Miss Grace, tenho compaixão por ela. Seja piedosa, ela se veste como um moleque, fala de forma estranha, está sem norte, nenhuma pessoa de modos lhe dará moradia ou alugará quarto, pense bem. Só conseguirá abrigo em locais duvidosos... A senhorita poderia acolhê-la até descobrirmos alguma pista, para que ela se lembre, encontre a mãe ou volte para a Inglaterra. Ela é sua conterrânea, poderia ser da sua família ou de amigos – Interviu Thereza, que estranhamente parecia querer me ajudar de verdade.

– Thereza, como podemos esconder uma moça nessa casa?

– Tenho uma ideia – disse Thereza, um pouco tímida, porém segura do que iria propor. – A senhorita Miss Grace diga para Sinhá Alda que tem uma sobrinha que estava a caminho do Brasil com a família, para aqui se instalarem e abrirem um comércio inglês. Mas que, por uma tragédia, a família inteira veio a falecer na viagem. Sobreviveu apenas Maíra, sua sobrinha órfã e desamparada. E que você gostaria de abrigá-la por algum tempo para consolar sua perda, até que lhe arrume uma morada e trabalho dignos. Pode oferecer-lhe serviços de preceptora junto a ti, nas instruções da sinhazinha como forma de pagamento pela estadia dela.

– Ótima ideia! – falei quase gritando de emoção com a ajuda sagaz de Thereza.

– Thereza, sabe bem que Sinhá não gosta que lhe tirem o sossego, nem de estar com muita gente, ainda mais dentro da própria casa.

– Pense bem, Miss Grace: Sinhá Alda gosta da moda inglesa e faz tudo que você orienta, até as janelas da casa trocou, comprou louças e toalhas, tecidos para vestidos, adquiriu modos e mobília novos, contratou modistas franceses... se achar que pode lhe ser proveitoso, admitirá outra inglesa no sobrado. Com certeza ficará entusiasmada com as instruções e costumes que Miss Maíra poderá ensinar pra sinhazinha. Sem falar que ter duas estrangeiras trabalhando para ela vai deixar todo mundo pensando que a família vai bem financeiramente.

– Isso, em parte, é verdade. Mas não creio que essa moça tenha alguma instrução.

– Por favor – implorei.

– Por favor, seja generosa – repetiu Thereza tentando arrancar alguma contribuição da inglesa. Eu ainda não entendia por que essa menina que não me conhecia fazia de tudo pra me ajudar a ficar na casa, mas sentia alívio por ela se esforçar tanto em meu favor.

Depois de hesitar mais um tempo, Miss Grace, por fim, concordou contrariada.

– Está bem. Mas será por pouco tempo. Amanhã de manhã precisamos providenciar roupas e sapatos adequados pra ela e pentear esse cabelo desgrenhado. E será necessário que mude os modos de forma que se mostre mais elegante.

– Pode deixar – respondi submissa, comemorando em meus pensamentos por não estar mais com o cabelo pintado de rosa. Seria enviada pro circo...

– Para sua sorte, Sinhá Alda foi ao Engenho com sinhazinha Emília por alguns dias para visitar sinhô José Augusto, que está doente. Enquanto isso, você ficará escondida em meus aposentos, sem que lhe vejam.

– Ótimo.

Aproveite esse tempo para se arranjar com os modos britânicos, pois, aparentemente, está vivendo em navios por muitos anos.

– Pode deixar, Miss Grace.

– Vou te instruir em minha folga.

– A senhora, Miss Grace, trabalha onde?

– Sou preceptora da sinhazinha Emília. – Na hora não entendi, mas depois descobri que preceptora é uma espécie de professora particular.

– Bom, tudo resolvido então. Tenho que voltar, já é tarde e darão por minha falta – disse Thereza antes de sair e com alívio por ter resolvido a situação do amigo Feliciano.

– Boa noite – respondi.

Após a saída de Thereza, Miss Grace pediu que me virasse de costas para que se trocasse sem ser vista nua. Feito isso, me ofereceu uma camisola de pano grosso, que vesti imediatamente bem na frente dela, fazendo-a se virar rápido de costas, envergonhada da minha desinibição. A inglesa então forrou o chão com a colcha que cobria sua cama e me ofereceu uma almofada.

– Repouse. Se não fosse por Thereza e Feliciano, estaria na rua. Você tem muita sorte, moça. Espero não me arrepender por lhe ajudar.

– Juro que não irá se arrepender, Miss Grace. Agradeço muito por tudo que estão fazendo... nossa nem sei o que seria de mim se não fosse por vocês...

– Agora durma. Boa noite. – Interrompeu friamente.

– Boa noite.

Foi no silêncio escuro do quarto de uma inglesa, em uma casa do século XIX, habitada por sinhás e pessoas escravizadas, deitada no chão desconfortável que, apavorada, me dei conta do absurdo que era aquilo tudo. De forma resumida, eu estava na secretaria da escola falando com a Dayo e fazendo uma pesquisa no celular e, de repente, acordo desmaiada em uma praça em plena luz do dia no ano de 1822. Lembro de ficar tentando encaixar as peças daquele quebra cabeça para encontrar um sentido, refazendo as cenas na cabeça pra ver se achava alguma coerência. Mas, óbvio, nada fazia sentido. Nenhuma peça se encaixaria em um quebra cabeça surreal como aquele, logo todas as possibilidades fora da realidade poderiam ser consideradas. E foi o que comecei a fazer em meus pensamentos: levantar hipóteses malucas que pudessem explicar minha viagem no tempo. Lembrei de séries como *Dark*, *Umbrela Academy* e *De volta aos quinze*, filmes como *De Volta para o futuro*, *Matrix* e *Sexta Feira Muito Louca* para me inspirar.

Haveria uma máquina do tempo, algum elemento radioativo, um portal, uma brecha, uma falha de sistema que me lançou em uma espécie de metaverso hiper-real do passado? Ou eu estaria presa em uma realidade paralela? O que me fez voltar ao passado? Nada mais me fazia crer ser um pesadelo, ou que eu havia perdido a razão em delírio profundo. Tudo a minha volta era muito real. Senti medo, muito medo. Se viajei ao passado, ou se estou presa em um mundo paralelo, por que motivo isso estava acontecendo? Deveria ter algum motivo, nos filmes sempre tem...

Naquele momento, deitada e relembrando mais uma vez a sequência dos acontecimentos, cheguei à conclusão que minha viagem no tempo estava entrelaçada a Independência do Brasil. Pois era sobre isso que pesquisava no celular quando me transportei. Devia ser isso: voltei ao passado pra ver o país se tornar independente de Portugal! Por algum motivo que eu ainda precisava descobrir, ou por castigo do destino por não ter feito o trabalho junto com a Dayo. Será que depois as coisas voltariam ao normal? Mas como retornar? Bastaria presenciar o fato histórico? Haveria um portal naquela praça em que acordei? Ou na internet? Eu não estava com meu celular, como acessaria a internet dois séculos antes de sua invenção? Será que tinha um lugar subterrâneo naquela praça com pessoas que controlavam a linha do tempo e por um algoritmo me capturaram para me trazer pra 1822? Seria eu parte de um experimento? Se fosse isso eu tinha que voltar lá e procurar esse lugar secreto. De qualquer forma, a resposta devia estar lá.

Estava exausta, minha cabeça doía muito com tantas possibilidades, meu cérebro parecia dar cambalhotas, se contorcer... Talvez se eu dormisse acordaria em casa, com minha mãe, meu pai, a pentelha fofa da minha irmã, ou para escola com meus amigos. Era bem possível que esse surto chegasse ao fim com um bom sono, tudo se resolve com um bom sono, já dizia minha vó. E, antes que qualquer solução para toda essa trajetória se desenhasse em meus pensamentos, adormeci.

A FEBRE

Acordei com um barulho de portas de armário e abri meus olhos bem devagar, ansiosa pelo que veria. Ainda era escuro e quase não fazia diferença estar de olhos abertos ou fechados. Me mexi com cuidado e percebi que estava deitada numa cama e não no chão do quarto da inglesa como eu havia adormecido. Suspirei aliviada. Como imaginei, um bom sono e agora eu estava acordando de volta à realidade, na minha cama. Uma mão tocou minha testa.

– Você está fervendo de febre.

Reconheci a voz, não pude crer, forcei a vista ajudada por uma luz fina que entrava pela fresta da janela.

– Miss Grace?

– Bom dia, Maíra. Coloquei você na minha cama por causa dessa febre.

Uma quentura tomou meu corpo transformando-se num soluço que entalou na minha garganta; tentei segurar, mas não consegui conter o choro que derramei como uma criança boba que se machuca. O que mais eu podia fazer depois de ter certeza que permanecia naquele tempo e lugar estranhos?

– Calma, de nada adiantará seu choro, terá que ser forte até que tudo fique bem.

Miss Grace tinha agora um jeito muito mais gentil que o da noite anterior, acho que meu choro ou minha febre a deixou comovida.

– Passei a noite refletindo sobre sua história, Maíra. E devo dizer que sei que não me contou toda verdade. Não é inglesa a olhos vistos, seus modos, suas vestimentas, seu inglês não são anglicanos. Sei que mente. Contudo, é uma moça nova e letrada, que está nitidamente em apuros. No mais, envolveu Thereza e Feliciano em seu problema e agora a mim que devia ter te colocado fora ontem mesmo, mas agora virei cúmplice também. Por tudo isso resolvi te ajudar.

– Miss Grace, o que eu disse primeiro é verdade. Sou do futuro, vim de 2022 e, por algum motivo viajei para o passado, mas entendo que ninguém acredite em mim.

– Chega dessa besteira. Você está com o pensamento confuso e delira. Pela febre e pelo machucado, você bateu forte com a cabeça; no entanto, será vista como louca se repetir essa história de futuro. Para o bem de todos que nos envolvemos nisso, precisaremos manter a história que Thereza inventou de que veio da Inglaterra e é minha sobrinha órfã. Ainda não acredito que aceitei fazer parte disso, ontem já estava tão cansada que acabei cedendo. Falarei com Sinhá em breve, dizendo que você acabou de chegar e pedirei, em nome de minha boa relação com esta família, para que deixe você ficar algum tempo aqui comigo, até que se arranje.

– Obrigada, Miss Grace. Não sei o que está acontecendo. Eu não quero prejudicar ninguém.

– Precisa descansar e interromper esses delírios. Pedirei a Thereza que lhe traga uma sopa quente e panos para resfriar sua cabeça. Terá que ser silenciosa e esperar no quarto. Se ouvir passos, entre por baixo da cama e não se mexa.

– Quando poderei sair daqui? – perguntei segurando o choro pra não mostrar tanta fragilidade. Para encontrar o caminho de volta pra casa, precisaria sair daquele quarto, encontrar o tal Feliciano para ele me devolver àquela praça de onde me tirou. Naquele quarto, trancada com aquela inglesa brava, não poderia fazer nada.

– Sinhá Alda chegará da fazenda depois de amanhã,

então contarei sobre você. Terá sorte se ela aceitar a senhorita nessa casa, pois não é comum um fato deste. Peço que seja discreta.

– Ok.

– E preste atenção em suas palavras, quando não souber que termo usar em português, use seu espantoso inglês. Não dominam essa língua e será fácil acreditarem que conversa nela normalmente.

– Certo.

– Agora preciso sair para ensinar as lições à sinhazinha. Lembre-se: silêncio e não saia deste aposento por nenhuma razão. – disse isso e saiu. A luz do dia já iluminava o quarto e fiquei impressionada com a elegância de Miss Grace tão cedo.

Quando fiquei sozinha, conferi minha própria testa em um espelho no quarto. Havia um pequeno corte acima da sobrancelha esquerda e um galo roxo horroroso no mesmo lugar. Além disso, vestia a camisolona emprestada por Miss Grace, ou seja, eu parecia um fantasma assombrando aquele antigo casarão. Mas um fantasma do futuro.

Deitei de novo e dormi. Não sei como pude dormir tão profundamente naquela situação, imagino que pela febre.

Dessa vez, fui acordada por Thereza, passando um pano frio na minha testa. Quando percebeu que me acordou, ela se afastou um pouco até o pé da cama e colocou umas almofadas na minha perna para ficarem pra cima.

– A senhorinha precisa ficar boa logo. Em breve, Miss Grace te apresentará à Sinhá Alda. Não será bom que esteja doente. A família Mello Souza tem pavor de epidemia.

Antes que eu dissesse algo, ela foi até a mesa do quarto de onde trouxe uma bandeja com um prato fundo de sopa e quis me dar a comida na boca.

– Obrigada, mas não precisa me alimentar, eu estou bem, posso fazer isso sozinha.

– Que bom que está se sentindo bem, mas é melhor que não se esforce. – disse, insistindo com a colher em minha direção.

– De jeito nenhum – respondi tirando o talher das suas mãos.

Ela ficou meio sem graça com o meu gesto.

– Veja, costurei esse vestido de Miss Grace para que lhe caiba. Quando for ao encontro da Sinhá Alda, estará vestida com belas roupas como as inglesas usam. A gente tem o mesmo tamanho fiz a roupa tirando provas em meu corpo.

– Uau! Você costurou isso sozinha? Eu não sei nem pregar um botão. Não seria mais fácil me emprestar um vestido seu? - perguntei e percebi imediatamente a besteira que tinha falado, pois ela usava um vestido simples, completamente diferente da roupa de Mis Grace. Era óbvio que se tratava de uma empregada da casa, com roupas completamente diferentes, possivelmente um uniforme, pensei.

– Cativos não usam esse tipo de vestidos – disse ela.

Me dei conta de que Thereza não era uma empregada assalariada da casa e sim uma escrava, ou melhor, uma adolescente escravizada no Brasil Colônia. Só nessa hora caiu essa ficha enorme pra mim!

Enquanto eu estava concentrada no meu problema de viajante do tempo no meio de tanta informação surpreendente, não dei atenção a essa coisa horrível: eu estava diante de uma menina escravizada com a mesma idade que eu e não tinha percebido. Mesmo eu sendo uma intrusa chegando de um lugar desconhecido, havia sido minimamente bem tratada, coisa que não acontecia com Thereza, negra e escravizada. Nesse rápido instante passou um filme na minha cabeça que se repetiu durante minha trajetória em 1822 e repete muitas vezes ainda hoje: Lembrei da Dayo e da história da negritude de minha bisavó. Nada disso tinha chamado minha atenção pelo fato de eu ser branca e estar em um lugar de conforto desde que nasci. Foi a primeira vez que me confrontei com essa realidade nítida do privilégio e não soube lidar. E como aprendi com a minha mãe, branca também que aprendeu com minha avó branca também, mudei de assunto. Sem saber como reagir àquela informação desconfortável pra mim, disse qualquer coisa, para me distrair dela.

– Caramba! Vou ficar muito engraçada com esse vestido... e o sapato, tem algum que me sirva? – Uma vergonha, mas foi isso que eu disse depois do que tinha acabado de perceber.

– Você poderá usar algum sapato de Miss Grace. Se não lhe servir, colocarei retalhos de pano para preencher a folga.

– Boa ideia.

Ainda me sentia passada com a informação de Thereza ser uma menina escravizada. Tentei mais uma vez me esquivar da situação.

– Essa sopa está uma delícia, é de que?

– Caldo de galinha, preparado com algumas ervas e raízes. Aprendi a receita com Adelaide, ela usava muito na fazenda para os pretos machucados, é muito boa para febre e inflamação... vai ajudar na sua melhora. Agora preciso me retirar para os trabalhos domésticos, descanse mais um pouco e ficará boa da febre em breve.

– Poxa vida, muito obrigada mesmo. – respondi totalmente desconcertada.

Thereza saiu rindo, acho que ela estava me achando estranha e meio cômica.

Eu gostei muito da Thereza logo no início, tinha algo hipnotizante nos seus profundos olhos pretos e em sua boca em formato de grosso coração. Aliás, tudo nela parecia ser coração ou era como eu queria ver. Mas eu ainda não conhecia bem a Thereza como vim a conhecer mais tarde.

Depois de tomar a sopa, dormi profundamente pelo resto do dia e da noite, como se entre os ingredientes daquela receita tivesse algum sonífero, ou feitiço.

A SINHÁ

– Acorde, Maíra, Sinhá Alda a aguarda na sala, já lhe contei sua história. Ela pretende conhecê-la antes de dar seu consentimento. Precisa se preparar apressadamente.

– Nossa! Já? – Acordei num pulo.

– Sim, você dormiu por toda a tarde e noite de ontem e ainda por toda a manhã de hoje. Vejo que já está curada da febre, se apronte com o vestido, Thereza virá te ajudar a escovar seus cabelos e ajeitá-lo num penteado à francesa, que usam nessas terras.

– Estou imunda e fedida, Miss Grace. Preciso de um banho e preciso usar o banheiro urgentemente.

– Não entendi.

– Desde que cheguei não fiz minhas necessidades fisiológicas. – Tentei explicar educadamente.

– Pedirei a Thereza que lhe traga o penico limpo.

– Penico? E para tomar banho?

– Use essa água de cheiro e limpe o rosto com a toalha molhada. Se tudo der certo e Sinhá Alda lhe admitir aqui, poderá tomar um banho de asseio mais tarde. Ponha o vestido, se penteie e depois aguarde no quarto até ser chamada. Atente-se às minhas recomendações. Na dúvida sobre como se portar, use a língua inglesa. – Era assim mesmo, tudo que Miss Grace falava era no imperativo.

Limpei meu rosto e passei o perfume emprestado. Thereza entrou com o tal penico, que usei no próprio quarto, meio sem jeito, uma sensação bem ruim ver suas fezes e xixi empossados em uma bacia, sem nada pra tampar. Deixei o penico cheio embaixo da cama, por orientação de Thereza, me perguntando como aquilo seria tirado dali. Depois ela me ajudou a colocar o vestido e os sapatos, que couberam muito bem. Penteei meu cabelo e precisei da ajuda de Thereza no momento de prender com topete e coque.

– Maíra, agora sim parece uma menina!

– Até que não ficou tão mal...

Miss Grace apareceu na porta e fez com que a acompanhasse para fora do quarto. Eu estava ansiosa e tensa. Seguimos pelo corredor e chegamos na grande sala onde, em uma poltrona, estava sentada a tal Sinhá.

Levei um susto com a aquela imagem, uma mulher branca de uns quarenta anos e com olhar de doente, ao contrário do que imaginei, não havia nada de elegante nela. Vestia roupas escuras, pesadas que pareciam ter várias camadas umas sobre as outras, o cabelo oleoso e mal-ajeitado. Logo no início, só de olhar, associei ela a Bellatrix Lestrange, a bruxa puro sangue má de Harry Potter, eram bastante parecidas fisicamente. Depois fui descobrindo que as semelhanças entre as duas eram muitas.

Em volta da sinhá tinham mais duas mulheres negras. Uma sentada em uma esteira – igual à que eu tinha visto no porão – parecia costurar uma peça de roupa. A outra abanava o lugar usando tipo um espanador com cabo cumprido igual ao de uma vassoura. Tinha também um bebê negro brincando com as linhas no chão da sala. Sem um pingo de emoção, a Bellatrix Brasileira me olhou de cima abaixo e de baixo acima e não disse nada. Enquanto isso, Thereza entrou trazendo água em uma bandeja, serviu e entregou à Sinhá. Ainda em silêncio e com olhos fixos em mim, ela bebericou a água sem desviar o olhar. Congelei de medo.

– Sinhá, esta é Miss Maíra Winehouse, minha

sobrinha – me apresentou Miss Grace.

Permaneci muda, esperando que a mulher dissesse alguma coisa, mas ela permanecia me encarando sem cansar e sem nenhuma expressão.

– Cumprimente-a, Maíra. – Disse Miss Grace, com um jeito pior do que o da minha mãe mandando eu dar “oi” para as visitas.

Sem saber como agir, me agachei em frente a mulher, juntei as beiradas do vestido com as mãos e numa reverência como a que fazem as damas aos cavalheiros na quadrilha de festa Junina, disse:

– Good morning. Nice to meet you, Sinhá.

Péssimo... Putz, mandei muito mal, pensei. E para piorar minha sensação, rolou um longo instante mudo que ocupou a sala toda.

Tremi.

– Logo se vê que você acaba de chegar ao Brasil – comentou com frieza Sinhá Alda.

– Sim, Sinhá. Miss Maíra nada conhece dessas terras, fala e compreende bem o português, mas ainda será necessário se instruir aos costumes daqui. Como lhe disse, Maíra esteve algum tempo afastada de tudo e dentro das embarcações. Perdoe-lhe o mal jeito.

– É instruída em francês? – me perguntou.

– Se eu falo francês? Sinto muito, mas só falo inglês mesmo, ah, e português...

– E como poderá auxiliar sua tia nas instruções de sinhazinha Emília?

– Miss Maíra conhece bem o inglês e sua gramática, faz contas e tem bom conhecimento de literatura. – Salvou Miss Grace, porque eu não tinha ideia de como responder àquela pergunta.

Sinhá Bellatrix me encarou como se eu fosse a Hermione, eu ia sair correndo, mas uma menina de uns oito anos, vestida como adulta, entrou pela sala com a Thereza e disse:

– Mamãe, podemos ficar com ela? Por favor, é tão bonita! – Era Emília, a sinhazinha mais nova. Sinhá não respondeu, continuou com seu olho doente em cima de mim. De repente parecia já não estar mais prestando atenção e sim lembrando de alguma outra coisa. Finalmente, disse:

– Está bem, poderá ser útil hospedarmos uma inglesinha em nossa casa, desde que apresente um pouco de cultura a pequena Emília. Não por muito tempo, porque não temos condições de sustentar mais uma boca. De qualquer jeito, até que é uma moça bem arranjada e possivelmente encantará algum comerciante solteiro ou algum viúvo. Ou pode ser que alguma família queira contratar o serviço de instrutora ou dama de companhia. Por enquanto, poderá dormir no quarto desocupado que fica ao lado ao de sua tia e se alimentar de nossa comida, desde que ajude um pouco na casa. – E ordenou:

– Thereza, limpe e troque Emília e depois prepare o quarto para Miss Maíra.

Disse tudo isso e continuou sentada, voltando seus olhos para um pano que parecia bordar.

Não pude crer nas possibilidades de casamentos e trabalhos ditas por aquela bruxa amarelada. Como assim, casar aos quatorze anos com um viúvo? E a forma horrível com que ela mandou Thereza fazer as coisas? #Ranço. Mesmo sendo zero simpática, para mim, ela deu um quarto e comida. De novo, eu percebia que havia sido acolhida só por ser branca e pelo privilégio por saber ler e escrever e ter feito curso de inglês. Engoli seco minhas indignações e preferi seguir ali em cima no sobrado, recebendo o bom tratamento que ganhei sem nenhum esforço. Escrevendo agora, depois de tudo que aconteceu, fica mais gritante a forma como eu aceitei tanta coisa bizarra. Só aos poucos fui tendo a noção que tenho agora, a ficha demorou pra cair, e muita coisa teve que acontecer para eu pensar da forma que penso atualmente.

– Muito obrigada, Sinhá. – Foi o que respondi, e fui puxada por Miss Grace para o quarto.

– Você tem muita sorte, mas não abuse dela. Vamos comer e então me acompanhará nas instruções da sinhazinha Emília. Peço que permaneça sempre em silêncio até que lhe seja dirigida a palavra, não podemos colocar tudo em risco, você precisa aprender tanto quanto a sinhazinha.

AS LIÇÕES

Comemos em uma saleta próxima a cozinha. Eu estava apavorada com os modos que Miss Grace dizia que eu tinha que ter naquela casa, a ideia de comer com a Bellatrix me dava arrepios. Minha mãe vivia falando da forma horrível que eu me comportava à mesa, "sem nenhuma educação", imagina o que pensaria de mim uma governanta inglesa e uma sinhá? Para piorar pro meu lado, a mesa de madeira tinha uma altura bem maior que as que conheço, para alcançar o prato era preciso levantar um pouco os braços. Mas assim que sentei e começamos a comer, fiquei bem aliviada, pois a tal Sinhá era uma grosseria só na mesa: utilizava os talheres sem nenhuma noção, colocava os cotovelos na mesa e alguma vezes apelava para os dedos para acomodar a comida ao garfo. Perto dela, eu era uma lady em etiqueta. Percebi que disfarçadamente ela estava de olho nos meus modos. Miss Grace tinha muita educação e, durante toda a refeição, analisava e corrigia cada escorregada da menina Emília. Era engraçado ver a Sinhá Alda imitar todas as correções que Miss Grace apontava para sinhazinha.

As mulheres escravizadas depois de nos servirem se alimentaram no chão em recipientes de barro, diferentes dos nossos. Tive que me conter para me concentrar na mesa. Como podia Miss Grace, Sinhá e sinhazinha comerem em paz sem dividir o espaço com outras pessoas no mesmo ambiente? Então me lembrei que na casa de Gabo – aquele meu melhor amigo da escola – a empregada come na cozinha, separada do restante da família. O nome dela é Vera e foi a babá que cuidou do Gabo quando pequeno e também da mãe dele, e que sempre morou no quarto de empregada do enorme apartamento da família na praia de Copacabana. Depois da lei que regulamentava as horas de trabalho das empregadas domésticas, a mãe dele arranjou um "jeitinho" para não pagar os direitos trabalhistas e horas extras que ela merecia, como explicou minha mãe na época. O trabalho da Vera não era remunerado como deveria, uma parte dele era roubado dela, a mãe do Gabo se recusou a pagar por seu serviço mesmo quando foi obrigada pela lei. Me dei conta que, igual ao porão dos escravizados daquela casa de dois séculos passados, o quarto de Vera também não tem janelas, ou seja, algumas casas do nosso futuro, com suas "dependências de empregadas", não são tão diferentes das casas do passado. Assim como muitos brancos não querem pagar da forma que deveriam aqueles que lhes servem.

Comemos arroz, feijão, carne seca e abóbora, com farinha de mandioca e um pão duro. Para beber, havia tipo um vinho mais aguado e doce que me foi servido como se eu fosse uma adulta e fiquei sem graça de recusar. Parecia mais suco de uva que vinho, mas o pouco álcool me fez ficar um pouco mole e enjoada. Para completar o clima, eu suava dentro do vestido pesado e com o calor abafado pela falta de ventilação da casa, as poucas janelas estavam totalmente fechadas. Havia ainda um cheiro desagradável misturado ao da comida, provavelmente vinham dos penicos cheios de fezes e xixi, guardados por baixo das camas.

Dei graças ao universo depois que acabamos a pior refeição da minha vida. Sinhá Alda se retirou para dormir ou como ela dizia "pra uma cesta" no quarto dela, e nós seguimos para a sala de leitura, onde seria a aula da sinhazinha.

A sala de leitura era uma espécie de biblioteca com

uma pequena estante de poucos livros, uma mesa, uma poltrona, dois cavaletes, tinteiros, penas e a parede decorada com mapas e ilustrações, além de uma imagem de uma santa num altar preso no meio da parede. Também tinham uns instrumentos de madeira pendurados que só depois, para meu horror, descobri que eram palmatórias, usadas quando sinhazinha Emília se comportava mal ou se distraía durante as aulas.

Miss Grace ocupou uma cadeira na cabeceira da mesa, e sinhazinha e eu nos sentamos de frente uma para outra.

– Maíra, todos os dias treinamos as primeiras letras em português, francês e inglês. Posso dizer que ela está bem adiantada para a idade, graças aos nossos esforços e dedicação. Aprendemos também um pouco de História do Brasil e literatura inglesa, francesa e portuguesa. As manhãs são reservadas para pintura, bordado, ponto cruz, música e boas maneiras.

– Sim, Senhora. – Fingi naturalidade, mas fiquei passada com o tanto de tarefa que uma criança tão pequena recebia naquela época.

– É primazia de Sinhá Alda que sinhazinha seja bem instruída, prendada e disponha de boa educação. Por enquanto, a senhorita apenas observará as instruções, e daqui a alguns dias se dedicará a ensinar as primeiras letras de inglês, de forma que seja útil para a família.

Como ela mandou, fiquei quieta enquanto Miss Grace revia as últimas lições. A menina repetia palavras, soletrava letras e permanecia imóvel e ereta na cadeira, bem diferente da minha irmã que tem mais ou menos a mesma idade dela e não para quieta um minuto.

Achei a coisa mais chata do mundo a tal aula, assim como algumas da minha escola, mas com a diferença gigantesca de não ter mais nenhuma pessoa da minha idade para me distrair. O vinho aguado e doce me deu um sono que me fez cochilar algumas vezes, mas os pontapés dados pela menina por baixo da mesa me acordavam. Acho que ela devia estar preocupada de eu tomar uma palmatória, se Miss Grace me flagrasse dormindo. Depois de um tempão infinito, a inglesa encerrou a aula e permitiu, após solicitação da sinhazinha, que ela se retirasse. Thereza já estava na porta para levar a menina.

– E agora? O que fazemos?

– Como pode observar, o dia está acabando e, portanto, faremos a ceia antes que a luz do sol suma.

– Jantar?

– Ceia.

– Entendi.

Entendi que no horário que eu costumo almoçar já era o jantar e que o que eu considero jantar, é a tal ceia.

Mais uma vez passamos para a mesa onde Sinhá, sinhazinha, Miss Grace e eu, em silêncio, comemos agora uma sopa de mandioca com pedaços de carne salgada. Tudo igual. Sinhá se retira, as escravizadas limpam a mesa. Miss Grace e eu fomos para o quarto. Enquanto isso a sinhazinha Emília gritava ordens sem nenhum sentido e sem nenhum respeito para Thereza, que tinha que colocar ela na cama. Até mesmo a criança da casa me tratava de um jeito completamente diferente da maneira como lidava com Thereza: ela me ajudou na sala de lições, mas berrava alto com a escravizada.

Não era porque não tinha educação que fazia isso, muito pelo contrário, tinha aulas particulares que incluía bons modos, como a que acabei de descrever. Aprendia com Miss Grace a se tornar uma dama culta e de respeito na sociedade. Da mãe recebia outra lição, uma espécie de requisito naquela casa: dar ordens e maltratar os escravizados. Resumindo, para ser dama de respeito precisava desrespeitar, maltratar, marcar o território de quem detém o poder.

No quarto, Miss Grace mal falou comigo. Thereza entrou com uma bacia de água morna e toalha que foram usadas primeiro pela inglesa para limpar o rosto, as mãos e os dentes e, depois, por mim, que fiz o mesmo, com muito nojo. Nesse momento, vi que quem tirava a sujeira que a gente enfiava junto com o penico embaixo da cama era Thereza. A gente fazia nossas sujeiras, escondia por baixo da cama e precisava vir uma pessoa negra para escancarar que estava tudo ali, bem na nossa cara, com o cheiro no ar e que a gente preferia fingir que não existia. Essa é uma imagem que resume bastante do que hoje, depois de tudo que presenciei e depois de estudar muito, aprendi sobre branquitude: escolher não enxergar o que está na frente do nosso nariz. Mas vou falar sobre isso depois, porque nesse momento eu ainda não tinha me dado conta de nada.

– Amanhã de manhã seu quarto estará pronto, Maíra. Não tive tempo de limpar ele hoje e ainda preciso atender aos pedidos de sinhazinha Emília.

Thereza saiu, Miss Grace deitou na cama e eu, numa esteira, como as que eram usadas pelas escravizadas, sendo que, ao contrário delas, a minha era forrada com lençol e um travesseiro redondo. Eu não tinha do que reclamar, ainda me seria dado um quarto privado, enquanto as outras pessoas que trabalhavam na casa dividiam o porão.

Era hora de dormir. Caí exaurida na “cama”.

Miss Grace me acordou no dia seguinte antes do sol raiar, já vestida como uma dama para festa. Usei as mesmas roupas e o mesmo penico, já com urina da inglesa.

#ECA

Comemos e fomos para sala de instruções onde assisti boquiaberta as lições de ilustração e pintura de Miss Grace. Ela era super talentosa. Eu que amo desenhar, participei de muitas lições de sinhazinha na minha, sem me expor. Nem nas aulas de piano mencionei que sabia tocar e o tanto que gostava de música.

Foi através de uma dessas aulas que descobri que faltava pouco para o dia da Independência do Brasil, data que me interessava muito por ser minha esperança em retomar ao meu mundo.

Nesse dia, Miss Grace usou uma notícia de um jornal. Ela não usou a notícia por ser um tema da aula, aliás ela sempre repetia que uma dama da "fidalguia" não deveria se meter em assuntos masculinos, nem mesmo dentro de casa; e, naquele tempo, a política era um assunto considerado de homem.

Ela usou o jornal só para treinar a leitura da menina, mas eu aproveitei e olhei a data: 15 de agosto de 1822. Até onde consegui compreender o que era lido de maneira arrastada pela Emília, o texto falava do posicionamento político dos vereadores do Rio de Janeiro em relação à possível emancipação do Brasil. Fiquei animada, o assunto da independência estava na roda! Busquei saber mais perguntando para Miss Grace, mas ela não me permitiu avançar, irritada com meu interesse.

– Essas perguntas estão desalinhadas com sua idade e gênero. Comporte-se!

Embora o jornal fosse de agosto, a notícia falava de um acontecimento de dois meses antes. Ao contrário do século XXI, as notícias demoravam muito mais para serem publicadas. Tinha muita coisa parecida entre as duas épocas, como por exemplo o racismo e o machismo. Mas a falta de luz, internet, celular, computador, carro, avião, saneamento básico e água encanada é um abismo de diferença. As horas eram marcadas pelos sinos das igrejas e pela luz do sol e as pessoas não usavam calendário com os dias marcados como a gente. Se não fosse o jornal, eu não sei como teria descoberto a data exata em que me encontrava.

Segurei um pouco minha ansiedade ao saber que o fato que me interessava só iria acontecer em 07 de setembro, ou seja, dali a exatos 22 dias. Então pensei que, até lá, eu deveria me contentar com a rotina daquelas pessoas. Parece estranho, mas eu me dizia: Confia e vai! E me agarrei com força na possibilidade elaborada por mim mesma de que eu cumpriria minha missão se assistisse o Brasil ser independente e, então, encontraria ao acaso um jeito para voltar. Era isso ou encontrar um portal secreto naquela praça. Da mesma forma que tinha acontecido na secretaria da escola, sem mais nem menos.

Desde então, era tudo igual durante dias seguidos: Thereza levando e trazendo bacias de água e me auxiliando com o penteando pelas manhãs, momento que eu aproveitava para conversar um pouco com alguém, já que Miss Grace só me dizia o essencial, sinhá Alda era monossilábica e as outras escravizadas cumpriam suas tarefas cozinha adentro ou em outras partes da casa sem prestarem atenção em mim. Na sequência, almoço em silêncio, Sinhá indo para a sala bordar abanando o fedor dela e a criança brincando no chão. Lições de bordado, ilustrações e música pela manhã para sinhazinha, jantar silencioso com vinho e mais lições para sinhazinha, depois ceia e, por fim, cama para uns e, para outros, esteira no chão.

Se deve estar entediante ler essa rotina que descrevo aqui, imagina vivenciá-la? Estava enclausurada no cotidiano daquelas pessoas, num looping alucinado, sem nenhuma novidade ou distração. Não havia celular, internet, televisão, computador, passeio ao ar livre, mergulho na praia, nada! Me sentia triste, aflita e ansiosa. Sentia saudades de assistir minhas séries no computador, ouvir minhas músicas, trocar mensagens e fofocar com meus amigos, das piadas sem graça do meu pai, das brincadeiras com minha irmã, dela pegando minhas coisas sem minha permissão, da minha mãe me pedindo ajuda e até mesmo de ir pra escola e de todo mundo da minha família me enchendo a paciência. Eu era a angústia em pessoa. Era prisioneira de uma casa escura, fedida e melancólica, num tempo que não era o meu, com pessoas desconhecidas que não me davam a mínima, todos os dias sem saber como agir.

Por isso, uma noite, tomei uma atitude: esperei todos do sobrado adormecerem e saí do quarto escuro, pé ante pé, para não acordar ninguém, em direção ao andar térreo. Estava decidida a fugir daquele lugar, voltar para a praça por onde cheguei e ver se achava uma saída. Eu estava com medo, mas qualquer coisa era melhor do que ficar ali.

Desci silenciosamente as escadas de madeira, com cuidado para não ranger a tábua e alcancei o longo corredor térreo. Mas, antes de me aproximar da porta de saída, uma mão rápida me puxou para trás, era Thereza. Com firmeza, ela me levou até o alojamento de escravizados.

– Maíra, o que pretende fazer? Se Sinhá ou Miss Grace descobrem que saiu escondida à noite, será expulsa daqui.

– Pois eu não estou nem aí, Thereza. Não posso ficar aqui. Preciso sair e achar um jeito de voltar pra casa.

– E como pretende fazer isso?

– Não faço a mínima ideia. Mas aqui, aprendendo a bordar é que nada vai mudar. Ninguém nunca sai dessa casa?

– Aos domingos todos vão à missa.

– Gente, que tédio...

– Depois de amanhã já é domingo e você poderá sair um pouco.

– E quem disse que eu quero ir à missa? Eu quero outra coisa.

– Miss Grace e a Sinhá podem te levar nas festas de santos, ou quem sabe em alguma recepção na casa de amigos?

– Thereza, não quero ir pra festas, quero voltar pra casa.

- Pra Inglaterra?

– Tipo isso... de qualquer forma, não é na igreja ou em alguma festa que vou descobrir um jeito. Preciso voltar ao mesmo lugar onde o Feliciano me encontrou.

– Ahh... No Largo do Paço.

– Isso!

Thereza ficou um tempo pensativa e eu também. Não entendia por que ela insistia para que eu não fugisse e por qual motivo queria que eu ficasse na casa. Aproveitei para observar melhor o lugar. Era o mesmo cômodo que Feliciano me escondeu no primeiro dia. Percebi que ali ficavam todos os escravizados da casa, era um cômodo fechado, escuro e com divisórias improvisavas, para que cada um deles tivesse algum tipo de privacidade. Thereza e eu estávamos em uma que devia ser o canto dela. Ela se sentou numa das esteiras e então disse:

– Tive uma ideia! Vamos pedir à Miss Grace que lhe libere das lições na parte da manhã com a desculpa que você pode ajudar Adelaide e a mim nas compras, já que é boa de contas. Nós duas vamos quase todos os dias, logo pela manhã.

– Nossa! Isso seria maravilhoso, Thereza! – Assim eu poderia ir até o largo do Paço e se não conseguisse descobrir uma saída de volta para 2022, ainda teria um lugar pra dormir e comer em 1822.

Thereza sorriu satisfeita. Mesmo sem entender o porquê, eu estava feliz por ela querer me ajudar.

Além de nós duas havia mais pessoas no porão que conversavam entre si.

– Quantas pessoas dormem aqui? – Perguntei curiosa.

– A senhorita não conhece todos, porque fica só no sobrado. Aqui, além dos cativos domésticos, dormem os que trabalham fora.

– Escravizados que trabalham fora?

– Isso. Quem trabalha fora não tem permissão de frequentar o sobrado. Aqui dormimos eu, Adelaide, Rita e o menino José, que você já conheceu. Adelaide cozinha com ajuda de Rita, que lava as roupas e traz água pra casa. José é filho de Rita. Além delas, dormem aqui Feliciano, que você já conheceu e é carregador durante os dias e tigre durante à noite, assim como Domingos que você ainda não conhece. E ainda tem o velho Juarez, que só entra pra dormir e às vezes vem Firmina que é de ganho e aparece mais pra pagar o dinheiro para a Sinhá Alda.

– Ganho? Tigre? Carregador? Uau, quantos nomes! Me explica isso tudo, não entendo nada.

– Pretos de ganho ou jornaleiros são os que tem permissão para trabalhar por conta própria na rua. O que eles ganham de dinheiro tem que dar pros seus senhores.

– Ué, porquê?

– Porque o que recebem pelo trabalho é propriedade dos senhores. Firmina, por exemplo, trabalha como quitandeira na Rua da Quitanda dos Pretos, e o que recebe por isso vai pra mão da Sinhá Alda. É um acordo. Quer dizer, acordo não, ela é obrigada. Domingos e Feliciano trabalham como carregadores de ganho na zona portuária, desembarcando mercadorias dos barcos e carregam a cadeirinha da Sinhá quando ela sai, mas é raro, geralmente nos dias de missa e festas.

– E tigre?

– Os tigres recolhem os dejetos e dispensam na praia, um serviço noturno que Feliciano e Domingos podem conciliar com o ganho do dia.

– Dejetos dos penicos?

– Sim, eu recolho do quarto e junto tudo numa bacia que fica no pátio e à noite eles carregam pra jogar fora, que é quando tem menos pessoas nas ruas e tem menos risco de entornar em cima deles ou dos outros. Fica uma catinga horrível. Desde a nova lei todos os recipientes precisam ser levados pra vala no horário estabelecido.

– Nossa, deve ser um trabalho muito desagradável. E esse Juarez, faz o que?

– Juarez só dorme e bebe, é um velho perneta que a Sinhá só não alforriou e botou na rua, como geralmente fazem com os velhos, em respeito à lealdade nos tempos que serviu como feitor para Sinhô José Augusto no Engenho.

– E cadê ele agora?

– Ele ainda não voltou, fica na rua pedindo esmolas durante o dia para beber aguardente a noite. Quando está por aqui temos que ter cuidado, pois conta tudo para Sinhá Alda.

– E onde é esse Engenho?

– Engenho é a fazenda do Sinhô José Augusto, fica pros lados do sertão e ele fica mais pra lá, vem pouco pro sobrado. Há um tempo atrás, era uma fazenda rica e todo mundo morava lá.

– Ué. E porque vieram pra cá?

– Foi por conta de uma peste que se alastrou na

fazenda e matou quase todos os pretos da senzala e seis domésticos. Da família dos brancos, só morreu o filho mais velho do Sinhô José Augusto que tocava o Engenho com ele. É que na senzala dorme todo mundo junto e apertado e a peste espalha mais fácil. O Sinhô ficou arruinado, sem escravo pra fazer os serviços da plantação, muito triste e sozinho. Porque já tinha perdido a primeira esposa, Sinhá Regina poucos anos antes.

– Sinhá Alda é a segunda mulher dele então...

– Sim, ele casou com Sinhá Alda, que era uma solteirona de uma família de poucos recursos e sem esperança de arranjar casamento.

– E aí ela e o Sinhô Jose Augusto se apaixonaram? – Na falta de uma série pra assistir e das fofocas da escola, tudo que Thereza contava me tirava do tédio daqueles dias que se arrastavam devagar desde que viajei no tempo.

– Que nada. Os brancos quase não casam por amor, é tudo negócio. O pai da Sinhá Alda sabendo que José Augusto enviuvou, ofereceu ela em casamento para ajudar a criar a filha mais moça dele, a sinhazinha Cecília.

Taí outra semelhança da Sinhá Alda e Bellatrix, casar com alguém pra manter a linhagem de puro sangue, como fez a bruxa do Harry Porter ao casar com Rodolfo Lestrange. Tá certo que depois eu descobri que casamento por interesse era muito comum nesse tempo, mas juntando isso e a semelhança física com outras coisas que conto depois, já tá valendo o apelido de Bellatrix pra Sinhá Alda.

– Então esse Sinhô José Augusto tem mais filhos além da sinhazinha Emília?

– Tem...

– Quem? Me conta.

– Ai, Maíra já tá tarde e eu tô cansada.

– Por favor.

– Ele teve de filho com a falecida sinhá Regina o sinhozinho Carlos, que estava morando em Coimbra e voltou pra ocupar o lugar do irmão morto nos negócios. E fora do primeiro casamento, tem o Miguel Jorge, que é pardo.

– Filho pardo? Me conta tudo. – Pedi curiosa.

– Quanta pergunta, eu realmente preciso descansar.

– Só mais essa e eu paro, juro.

– Vou contar, mas essa parte é muito triste. O Sinhô Miguel Jorge é fruto da relação de Sinhô José Augusto com uma preta, o velho gostava de violar as mulheres, falava que era parte do serviço delas ter relação com ele. Contam que o Sinhô se apaixonou pela mãe de Miguel Jorge e quando ela ficou pejada, registrou ele como filho. Quando Sinhá Regina descobriu, mandou Juarez vender a mulher pra bem longe, de um jeito que nunca mais voltasse, e sem poder cuidar do filho. Mas quando Sinhá Regina morreu de tuberculose, Sinhô José Augusto mandou trazer para casa Miguel Jorge e o introduziu na família como filho legítimo, mas da mãe dele ninguém sabe.

– Que história horrível. Que gente ruim!

Fiquei com o estômago embrulhado com o que Thereza me contou. Afastar assim uma mãe de um filho era muita crueldade. Outra vez pensei no álbum de fotografia e da mãe da minha bisavó que também era negra e teve uma filha parda. Lembrei da minha mãe falando de abuso e racismo. Que será que aconteceu com ela? Minha mãe falou de conflitos na miscigenação das raças no Brasil. Será que minha trisavó teve uma história semelhante à da mãe do Miguel Jorge? Talvez esses fossem os tais "assuntos cabulosos" que ela não quis falar comigo. E eu também, mais uma vez abalada com aquela violência toda sem saber como reagir, continuei a conversa com falsa naturalidade:

– E onde tá toda essa gente?

– Sinhá Cecília casou com um homem importante e mora numa chácara em Botafogo. Sinhô José Augusto e o sinhozinho Carlos vivem na fazenda, que é mais distante e pouco vêm aqui. Miguel Jorge é advogado da Corte, ainda é solteiro e mora em um quarto de pensão, na rua do Ouvidor.

– E por que sinhá Alda veio pra cidade?

– Desde que a Família Real veio para cá com a Corte, virou moda comprar sobrado na cidade. Sinhá Alda quis mudar depois que engravidou da sinhazinha Emília. Mas a verdade é que ela não queria mais ficar no Engenho porque desejava esconder o jeito que deu pra ficar pejada.

– E como foi?

– Maíra, chega, você disse que não ia mais perguntar.

– Só mais essa, juro mesmo que é a última.

– Ela já tinha tentado de tudo, ninguém mais acreditava que ela ia engravidar pela idade avançada e ser seca por dentro. Mas ela pediu ajuda de uma preta forra curandeira que vivia numa cabana próxima da fazenda. Passou um tempão tomando uns preparados da curandeira e sendo orientada por ela pra fazer mandingas pra ficar com o ventre forte. Foi assim que nasceu a sinhazinha Emília, mas ela não conta pra ninguém. Depois que a menina nasceu, ela quase morreu de tanto sangue que perdeu, e quem salvou ela também foi um preto que sabia fazer sangria. Ela já tinha recebido visita de mais de um médico e todos deram ela como perdida, se não fosse o preto barbeiro que Sinhô José Augusto mandou trazer da cidade e pagou muito bem, Sinhá Alda estava morta. Ou seja, se não fosse nossa gente, ela não teria a filha e nem viva estava, mas, guarda tudo como segredo. Os brancos são assim, usam a nossa sabedoria e depois fingem que conseguiram as coisas por conta própria.

Eu estava com muita vontade de perguntar a história da Thereza, de como ela se tornou escravizada por aquela mulher, onde estava a família dela e muitas outras curiosidades, mas Thereza não estava mais afim e conversa. Então uma voz de outro canto do porão disse:

– Essa inglesinha não deveria estar aqui. Se sinhá descobre, todos nós seremos castigados, e ela vai sair ilesa.

– A Rita tem razão, Maíra, melhor você voltar pro sobrado – concordou Adelaide da esteira dela.

– Quando ela entra no quarto pra dormir não volta mais, não vai nem perceber que estou aqui – insisti.

– Tô avisando, Juarez pode chegar a qualquer momento e dar com a língua para ela.

– Juarez hoje só retorna para casa carregado, passei pela taberna de Albertino e ele estava esticado na porta – comentou Adelaide.

Foi enquanto ela dizia isso que Feliciano entrou no alojamento, com um fio de luz num candeeiro que carregava. Da primeira vez que o vi não tinha prestado atenção, por conta do susto por descobrir que estava em outro tempo, mas agora fiquei admirada com sua beleza. Era magro, mas com os músculos definidos e tinha um sorriso comprido, que quando aparecia no rosto, fazia os olhos brilharem. Nesse dia, estava vestindo uma calça boca de sino, camisa listrada grossa e um lenço de seda no pescoço, muito estiloso.

– Boa noite, sinhazinha. Thereza me contou tudo que aconteceu desde que te trouxe pra cá. Pelo visto Miss Grace te recebeu bem.

– Por favor, não me chame de sinhazinha! Eu preciso te agradecer por ter me ajudado.

– Não precisa agradecer não – disse Thereza

– Feliciano é um cavalheiro.

– Quê isso, Thereza. Assim a moça acreditará em suas falsas palavras.

– Ora, homem, não seja modesto. Feliciano é conhecido na área por ajudar muitas donzelas e outras nada donzelas – disse, dessa vez, Adelaide, rindo junto com Rita enquanto Thereza pareceu não gostar tanto da piada.

– Não liga não, Thereza – disse Feliciano dando satisfação. – Elas dizem essas coisas pra te deixar com ciúmes.

– E eu lá sinto ciúmes!

– Não sente? E quando soube que ele estava bajulando Bárbara dos Prazeres? – uma delas falou.

– Isso é boato. Só estive com ela uma vez, porque me pagou pra carregar a mudança. Que eu ia querer com a Bruxa dos Prazeres? É só uma velha doida.

– Velha doida? Bruxa? Mas já foi namorada de muita gente importante.

– Sabia que agora dizem que ela está roubando crianças na rua pra sujar o sangue e se manter jovem? Já matou o amante preto e agora anda assassinando crianças. Se fosse preta já estava morta. Como é branca, a bruxa está solta.

– Seja o que for... Nada disso me interessa. Só tenho olhos pra Thereza – falou Feliciano cheio de charminho pro lado de Thereza e depois perguntou: – O que ela está fazendo aqui embaixo?

– Maíra estava indo pra rua sozinha a essa hora, mas eu não deixei. Ia dar mais confusão. Você descobriu alguma novidade sobre a situação dela?

– Nenhuma novidade. Ninguém fez queixa de moça perdida com a característica dela. Também não há notícias de navio atacado por piratas por aqui.

– Tudo bem – eu disse. – Não precisa procurar mais.

Eu nem sabia que vocês estavam me ajudando na busca da minha mãe, muito obrigada. – Me senti mal por saber que estavam atrás de uma coisa que não era verdade.

– Nós vamos te ajudar a encontrar sua mãe. Até porque Miss Grace está furiosa comigo por ter trazido você pra cá e jogado na mão dela. Me disse assim: "Se trouxe a pequena deverá dar um jeito dela ir embora!" – falou Feliciano de um jeito engraçado imitando o sotaque da gringa. – Você virou problema meu, não quero encrenca com Miss Grace.

– Nossa. Como ela é brava! – comentei.

– Sim, mas Miss Grace a deixou Sinhá Alda um pouco mais tranquila – explicou Thereza.

– Nossa, mais tranquila? Acho ela um monstro. – Quis participar também.

– Você não tem do que reclamar, ela te deixou morar na própria casa. – Me colocou no lugar Thereza.

– Miss Grace deu foi ocupação pra Sinhá Alda que não tinha o que fazer! Agora tem que comprar pano pra fazer vestido, escolher móvel, perfume e aprender coisas inglesas, antes ela só fazia nos dar ordens... – explicou Rita.

– Miss Grace é mais educada com a gente. Como Sinhá Alda quer imitar as maneiras dela, melhorou um pouco também. Se não fosse por ela, a gente ainda tinha que sair descalço na rua. – Observou Adelaide.

– O que a inglesa quer não é pelo nosso bem, se fosse mais chique deixar a gente sem sapato pra mostrar que somos cativos ela fazia. Ela gosta de ser fina, só isso...

– Sim, não acho que ela é santa. Mas de alguma forma, ela não é como sinhá Alda.

– Está certo, Adelaide. Elas não são iguais como ninguém é igual a ninguém. Mas são eles que tratam a gente como se fôssemos todos iguais, pra roubar tudo que temos, e se acham melhores que nós. Eles podem não ser iguais, mas o fato é que todos estão numa boa enquanto a gente se estrepa de tanto trabalhar, inclusive Maíra e Miss Grace que mesmo trabalhando recebem alguma coisa em troca pelos serviços.

Era a primeira vez que alguém me jogava na cara que eu era como todas aquelas pessoas que agiam de forma horrível com eles. Mesmo eu me achando diferente, as próprias pessoas que eu considerei cruéis haviam se identificado comigo e me acolhido no sobrado e não me escravizado e mandado pro porão. Fui escolhida pelo time deles e aceitei de boa. Fiquei mal ao me dar conta que tinham razão.

Rita deu um boa noite e foi pra esteira dela, cantando com sua voz grave uma música para seu filho José, que dormia, mas não reconheci as palavras da letra, era sua língua natal.

Adelaide também não se sentia bem comigo no meio deles, mas acho que percebeu que eu estava sem jeito e acabou conversando mais um pouco antes de ir dormir. Talvez por ser mais velha, ela tinha mais paciência ou queria se certificar de que eu não demoraria ali. Era ela a pessoa mais respeitada por todos os outros que trabalhavam na casa. Imagino que tinha mais de sessenta anos pelas rugas e pelos cabelos grisalhos que geralmente ficavam embaixo de um lenço colorido contrastando com seu jeito sério e firme de falar.

Mais tarde, chegou Domingos, um homem jovem, muito alto, calado e na dele. Nos cumprimentou com certo espanto ao me ver ali, mas não comentou nada e foi logo pro seu canto dormir.

Ao contrário de mim que queria ficar batendo papo para distrair meu tédio por não ter nada pra fazer, estavam todos exaustos do dia inteiro de trabalho, loucos por um pouco de descanso. Finalmente caí na real e subi pra o meu quarto no sobrado.

THEREZA

Thereza e eu tínhamos a mesma idade, ambas com quatorze quase quinze anos. Ela nascida em 1807 e eu em 2007. Mesmo com duzentos anos de distância e a diferença entre nossas realidades, a gente até que se deu bem. Thereza decidiu me ajudar a ficar no sobrado porque queria aprender a ler e a escrever. Quando fui apresentada para Miss Grace e ela me viu soletrar MaÍra, teve essa ideia de me pedir pra ensiná-la. E eu precisava muito de ajuda e de uma amiga naquele lugar. Então, começamos as aulas no porão e era nessas ocasiões que pudemos nos conhecer mais.

A gente só podia se encontrar depois que toda a casa dormia e éramos acobertadas por Adelaide.

De dia, Thereza trabalhava sem parar: saía para comprar frutas, flores, carnes e trazer enormes galões cheios de água junto com Rita e Adelaide; dentro da casa limpava os quartos, guardava roupas, trazia e recolhia bacias para os banhos, cuidava de sinhazinha Emília, servia água e levava até as mãos da Sinhá Alda. Aliás, não só a água, mas tudo o que precisava ser apanhado, qualquer objeto, mesmo estando ao lado da Sinhá ou da Sinhazinha, quem pegava era Thereza. Mesmo durante as brincadeiras era Thereza quem levava os brinquedos até as mãos da menina. Afinal, Emília estava sendo educada para ser como a mãe. As duas recusavam ao esforço físico e todo e qualquer trabalho. Me dava muita raiva daquela mulher preguiçosa e sem nada pra fazer, a não ser bordar e gritar para que todas fizessem suas vontades. Eu seguia apenas aprendendo modos, francês, música e outras coisas junto da sinhazinha Emília, uma rotina absurdamente desigual.

Durante o dia, falávamos apenas o essencial, mas, em nossas noites, conversávamos muito. Thereza queria saber como eram as coisas do meu tempo e se divertia com tudo que eu dizia sobre o futuro. Mesmo que não acreditasse na minha versão de viajante no tempo, ela curtia ouvir minhas histórias como se fossem invenções de uma mente criativa.

Tinha alguma coisa na Thereza que me fascinava. Não era só pela diferença de duzentos anos e por ela ser uma menina escravizada. – óbvio que isso me deixava todos os dias espantada, triste e curiosa. Mas ela me atraía também porque tinha um jeito muito maduro pra nossa idade. Acredito que por minha vida ter sido fácil, por sempre ter tido a proteção de minha família, por nunca ter precisado batalhar de verdade, fiquei boba demais. E olha que me achava esperta por dar a volta na escola, nas regras de casa, ser sagaz em aplicativos de celular e em desvendar os finais dos filmes logo no início. Mas, na real, nada disso é tão necessário na vida, como eu pensava que era. Isso só tinha sentido dentro da minha bolhinha. Quanto mais longe da minha bolha, mais eu enxergava o tamanho do mundo que crescia, enquanto aquele outro que eu conhecia ficava pequeno. Me senti ridícula por sempre reclamar das poucas tarefas que tinha que fazer, de não dar valor por ter uma casa, um quarto só meu, por receber educação em uma escola e em cursos extras, além da minha família e tantas outras coisas que ganhei sem precisar lutar por elas. Eu me envergonhava por, antes, reclamar da minha falta de liberdade. Afinal, eu era livre, mas dependente de muitas pessoas e coisas. Meu universo era mesmo limitado, como Dayo tentou me mostrar. Hoje aprendi que esse sentimento de culpa e autopiedade que senti e que muitas vezes sinto, é perda de tempo, não leva a nenhum lugar, é uma postura bem comum das pessoas brancas ficar remoendo o remorso ao invés de tomar uma atitude prática e engajada. Mas naquele momento, era apenas culpa o que eu sentia e queria dar um jeito rápido de me sentir melhor comigo mesma.

Aos poucos, fui sabendo um pouco mais da vida de Thereza, mesmo ela não gostando de falar de seu passado, talvez por não conhecer tanto sua própria história.

Me contou que foi comprada por sinhô José Augusto aos quatro ou cinco anos de idade. Sua função era fazer companhia para Sinhá Alda que tinha uma gravidez de risco e precisava permanecer em repouso absoluto. Ela me contou com raiva que Sinhô José Augusto sempre dizia que foi um bom investimento a "peça" Thereza.

– Os comerciantes chamam a gente de peça, como se fossemos uma mercadoria mesmo. É revoltante. Fazem isso para nos diminuir e tentar nos igualar a coisas que se compra e vende, que se troca, para poderem se sentir proprietários da gente. Uma vez ouvi o Sinhô contando pro sinhozinho Carlos que me comprou a "preço de banana", por ser criança de senzala e que depois que eu aprendesse a me comportar como cria da casa, poderia me vender por um preço muito maior. Como pode? Essa coisa de "peça" é um jeito muito perverso de tentar acabar com a dignidade da pessoa para tomar posse da força dela.

O bebê de sinhá, Emília, nasceu, e Thereza foi obrigada a distrair a criança e ficou fazendo isso até ter idade pra outros trabalhos. Mas até hoje deve servir a sinhazinha Emília.

–Prefiro lidar com penicos a ter que servir aquela criança insuportável. Quanto mais cresce, pior a Emília fica, preferia bebezinha quando não falava nada. Sinto cada vez mais raiva dela como sinto da sinhá e do sinhô. Ela recebe uma educação cheia de ruindade, aprende todo dia com eles. Imagina, ser filha dessa gente?

– Nem quero imaginar isso. Tenho sentido tanta saudade da minha família... Sabia que eu tenho uma irmãzinha da mesma idade que a Emília? Ela vivia entrando no meu quarto e eu, reclamando. Agora até disso tenho saudades. Reclamava da minha mãe e do meu pai também, queria ficar longe deles. Nunca pensei que um dia ia querer tanto estar em casa, com eles.

Enquanto eu falava sobre minha saudade, percebi meu vacilo. Thereza não conheceu a família dela. Não sabia nada de sua mãe, de seu pai, se tinha irmã ou irmão. Não foi só a liberdade que foi tirada da Thereza, apagaram também o passado dela e o direito de ter a proximidade com a própria ancestralidade.

Fui catando minhas palavras de volta pra minha boca, misturando com outras coisas interessantes do futuro, como as descobertas da ciência, cura das doenças, locomoção por automóveis, aviões... enfim, um esforço tremendo para não lidar com o incômodo que me causou saber que Thereza não tinha qualquer relação ou conhecimento sobre seus antepassados. A verdade é que eu não sabia lidar com o fato dela ser uma menina escravizada e fazia o possível para contornar essa realidade, para eu mesma não precisar me defrontar com ela. Hoje, depois de tudo, reconheço essa atitude de se esquivar como uma característica bem típica da branquitude.

Thereza esbanjava o amor que sentia e recebia de Feliciano, com quem começou a namorar aos doze anos. Toda vez que falava dele, os olhos miúdos cresciam, como se fossem pular pra fora do rosto. Era realmente lindo ver: o rosto de Thereza iluminado quando falava de Feliciano.

O namoro de Feliciano e Thereza era bem diferente dos relacionamentos que conheço das pessoas da minha idade no tempo atual. Muito mais comprometido. Eles se cuidavam e se importavam de verdade um com o outro. Mal conseguiam ficar juntos, porque trabalhavam literalmente o dia todo. Feliciano fora da casa e Thereza, dentro. Só no final do dia, bem tarde eles se encontravam no porão, já muito cansados. Depois que Thereza começou a estudar, esse tempo diminuiu mais ainda. O trabalho extra que ele fazia até tarde, e a dedicação dela em aprender a ler e escrever também tinham a ver com o amor dos dois.

Durante uma de nossas aulas, falando sobre Feliciano e ela, Thereza me explicou por que queria tanto estudar.

– Os cativos são proibidos de saberem as letras. Aprendi alguma coisa sozinha, espiando escondida as aulas de Miss Grace para Emília. Mas sinhá Alda percebeu e me proibiu de entrar na sala.

– Megera. Mas porque são proibidos?

– Ué, por que tem medo, né? Tudo que os brancos fazem é porque tem medo e precisam nos controlar. Imagina o que poderíamos fazer se a gente que já aprendeu o português, aprendesse também a usar a escrita? Então proíbem. Por isso que ninguém do sobrado poderá saber que você está me ensinando, temos que cuidar pro Juarez nunca te ver aqui.

– Acho ótimo, eu nunca deixo Juarez me ver, desde que me avisaram sobre ele. Tenho arrepios.

– Juarez teve uma vida difícil, não devemos julgar o velho. Imagina passar a vida toda tendo que trabalhar do lado do senhor e perseguir o próprio povo... Não sei se ele teve outra opção na vida. Ficou nesse lugar mal resolvido, muita gente nossa tem raiva dele, que por ordem do sinhô fez o que não deveria. Ao mesmo tempo é tratado pelos brancos como qualquer um de nós. Agora tá desse jeito, acho que bebe tanto porque além da dor na perna, carrega outras dores dentro da cabeça.

– Entendi...

– Mas Maíra, voltando ao assunto: eu preciso aprender rápido pra não dar tempo de sinhá Alda descobrir.

– Rápido não sei se garanto. Eu nunca ensinei ninguém a ler ou escrever... nem lembro como aprendi, era muito novinha.

– Que sorte a sua. Mas se você sabe ler deve saber ensinar.

– Pode crer. Só não quero te decepcionar como professora.

– Você só me decepcionaria se não topasse me ensinar.

– Uma coisa eu garanto: não serei nunca uma professora como Miss Grace. Nossa! As aulas dela são chatas pra caramba, e quando Emília erra ou se distrai recebe uma palmatória. Deve ser por isso que consegue aprender e prestar atenção na aula.

– Esses miúdos sem cor aprendem é a ficar iguais aos pais. O que eles querem é continuar sendo nossos senhores e que nós e nossos filhos sejamos sempre escravizados por eles.

– Miúdos sem cor! Hahahaha. Tenho uma amiga que me chama de macarrão sem molho. – Fugi do assunto como sempre.

– Macarrão? O que é isso?

– Olha, vou te dizer que é uma das melhores comidas do mundo! Mas sem molho não tem nenhuma graça...

– É desesperador pensar que querem manter esse ciclo sem fim. – Retomou ela ao assunto que eu tentei deixar de lado com o papo do macarrão. – Mas se depender de mim as coisas vão mudar, não serei explorada pra sempre como os brancos querem. Conhecendo as letras, poderei conseguir trabalho com boa remuneração e um dia terei minha carta de alforria. Então poderei ter filhos livres também.

– Como se consegue uma carta de alforria?

– Comprando. Pagando o preço que eles dizem que a gente vale... minha carta custa hoje uns duzentos e cinquenta mil reis.

– E como você conseguirá o dinheiro se é obrigada a trabalhar sem receber?

– Já calculei tudo. Em breve, quando sinhazinha Emília casar e for morar fora imagino que Sinhá Alda me colocará à serviço de ganho para repassar o dinheiro que eu ganhar pra ela. Ela gasta cada vez mais com tanta coisa importada que chega no Brasil e precisa de mais e mais dinheiro.

– Mas se você tem que repassar o dinheiro que ganhar pra ela não vai adiantar nada.

– Não é bem assim. Quando um preto vira de ganho, combina o tanto que tem que pagar toda semana pro seu senhor, se for menos, fica devendo, mas, se for mais, guarda pra si. Então, eu vou trabalhar bastante para pagar o combinado com ela e ainda fazer mais dinheiro pra comprar minha carta.

– Caramba, vai trabalhar em dobro!

– Com certeza, trabalhar pra sustentar os luxos dela e trabalhar pra comprar minha liberdade. Tem também o dinheiro do Feliciano, que já consegue economizar um pouco com bicos que faz no Porto. Ele prefere comprar primeiro minha liberdade pra depois comprar a dele.

– Que fofo. Em quanto tempo de trabalho você e Feliciano conseguirão comprar sua liberdade? – Perguntei entusiasmada com aquela possibilidade que eu não conhecia.

– Ahhh, Maíra. Depende de muita coisa. Tem gente que trabalha uma vida inteira e não consegue a quantia necessária. Mas eu ainda sou jovem, imagino que em oito anos vou para o ganho na rua, depois com mais uns sete anos, trabalhando com alguma especialidade de letras e contas, e junto com o que Feliciano tem e fizer por esse tempo, se tudo der certo, juntamos o necessário. Depois, trabalharemos para comprar a dele. Mas sendo livre, posso ter todo o dinheiro que ganhar pra mim. Uma coisa é certa: Quero ter filhos de ventre livre, para que nasçam livres também. Se não for assim, prefiro não ter.

– É tempo demais, Thereza... você já terá mais de 30 anos.

– Sim, e só se tudo der certo, como eu disse... é uma idade avançada para ficar pejada, mas, depois que Sinhá Alda conseguiu parir Sinhazinha Emília, criei esperanças. Se não for assim, não terei filhos. Não para servir de escravos aos brancos, é uma vida ingrata, não vale vivê-la.

– Não tem outro jeito?

– Não.

– E fugir?

– Muitos conseguem fugir, tem gente nossa fugida o tempo todo, em todos os lugares. Aqui mesmo na cidade está lotada de pessoas que fugiram, disfarçadas de forro. Mas muitas vezes são capturados porque os proprietários anunciam no jornal detalhando aparência e roupa e daí quem entrega recebe recompensa. E tem a polícia que persegue a gente, pede documento pra comprovar se é livre ou não. Quando um fugido é capturado fica marcado no rosto, que é pra todo mundo saber e se foge de novo é mais fácil achar. O pior é que fica mais difícil comprar a alforria, pois não conseguem serviços de ganho com a marca de fujão e rebelde... no meu caso e de Feliciano, preferimos pensar um outro jeito de reconquistar nossa liberdade e ter uma vida digna e livre, como merecemos.

– Entendi. Fico impressionada de como tem tudo calculado. Eu mal consigo organizar uma semana da minha vida.

– Isso porque nascemos com sortes distintas. Melhor dizendo, nascemos com cores distintas.

– Isso não faz diferença para mim, a cor da sua ou da minha pele.

– Exatamente, Maíra. Para você não faz diferença, mas para pessoas pretas como eu, faz. – Contestou Thereza com a mesma certeza que minha amiga Dayo havia tido na escola comigo. Ou seja, seja em 1822 ou 2022, o conflito estava na cara, era eu quem não queria enxergar.

Escrevendo e lembrando agora dessa nossa conversa, percebo a minha total falta de noção naquele momento sobre o que significa nascer branca ou negra no Brasil.

Thereza, por ter sido escravizada desde criança, tinha que trabalhar pra sustentar a dona dela e só depois podia trabalhar pra ela mesma. Tinha que estudar muito cansada e escondido, porque era proibido, enquanto sinhazinha Emília tinha professora inglesa e particular dentro de casa. Os brancos, tinham o tempo todo livre e quase não trabalhavam. Quer coisa mais injusta que isso? Então, revendo as coisas como são hoje em dia e como começaram lá atrás, tudo que os brancos acumularam de riqueza foi explorando o trabalho dos negros e proibindo que esses estudassem pra que pudessem continuar escravizando tais pessoas. Não é por acaso que até hoje em dia tem muito mais brancos nas escolas, nos bairros e apartamentos mais caros. É porque os antepassados dos brancos roubaram os antepassados das pessoas negras. A culpa não é da cor que Thereza e eu herdamos geneticamente, é das coisas que nossos antepassados fizeram e nós aprendemos a manter e a repetir de outras formas. Se as pessoas brancas quisessem ser justas mesmo, tinha que dar um jeito de devolver esse dinheiro e esse tempo todo que os negros tiveram que trabalhar para sustentá-las. Por isso políticas como as das cotas raciais são necessárias e ainda assim algumas pessoas são contra elas. Porque não querem admitir a herança dos privilégios.

Lembro que eu tive vontade de contar para Thereza sobre minha amiga Dayo, que ela iria amar conhecer, contar dos vídeos dela que faziam tanto sucesso, falar coisas boas do séc. XXI, sobre a transformação na vida da população negra, depois de muita luta, de quanta coisa conquistada... mas não soube o que dizer, então me calei outra vez.

A MISSA

Amanheceu diferente. Tomamos o café da manhã no quarto e Thereza trouxe outra roupa de Miss Grace adaptada para mim. Dessa vez o vestido tinha um corpete bem justo apertado na barriga e nos seios e uma saia armada. Confesso que estava achando divertidas aquelas roupas. Mas eu jamais me vestiria assim na minha vida normal, é quente e desconfortável demais, mal dá pra se mexer.

Saímos do quarto e encontramos Sinhá Alda totalmente diferente do dia a dia, bem-vestida, o cabelo arrumado, jóias e um leque enorme na mão. Quase esqueci que era a Bellatrix brasileira. O vestido era engraçado, na parte de trás, tinha um arame que deixava ele alto como se fosse um rabo escondido.

Até a casa ficou mais aberta para a luz do sol entrar.

Chegamos no salão e fiquei surpresa por ver dois homens, um jovem e um velho, esperando a gente.

– Bom dia, Miss Grace – um deles falou me olhando, meio homem das cavernas. – Então essa é a sua sobrinha?

– Bom dia, Senhor José Augusto, bom dia, Senhor Carlos. Permitam-me apresentar minha sobrinha recém-chegada da Inglaterra, Miss Maíra Winehouse.

– *Good morning*, senhores – disse outra vez em inglês meu primeiro alô, ainda não sabia direito agir naquelas situações.

Eles me olharam assustados e ignoraram meu cumprimento, acho que não entenderem o que eu disse. Fato é que fiquei no vácuo. Eles viraram as costas para nós em direção a saída da casa, sem nenhuma atitude educada. Então, todas as mulheres seguiram atrás daqueles homens bizarros, inclusive eu.

No corredor que dava para a porta que dava para rua, uma fila se formou, com os dois homens na frente, seguidos por Sinhá, sinhazinha, Miss Grace, eu, Rita, Adelaide e Thereza. Fomos pra rua nessa ordem e lá fora se juntaram a nós Feliciano e Domingos.

Até que enfim eu sentia o ar livre, a luz do dia, e via gente diferente das que moravam no sobrado. Aquela rua, que tanto me assustou assim que cheguei, me fez dançar por dentro de tanta alegria. Fiquei eufórica por deixar a rotina claustrofóbica e triste daquela casa isolada do mundo, apesar de estar tão coladinha na rua. Foi cômico a gente seguir caminhando em fila, na mesma ordem que saímos pela porta, com exceção de Sinhá Alda, que foi carregada por Domingos e Feliciano em uma daquelas cadeirinhas cobertas por cortina. Eles também estavam vestidos diferente, com fraques, uma espécie de casaquinho que me lembrou os que os apresentadores de circo usam e que não combinava nada com o jeito estiloso de se vestir do Feliciano, que eu via com frequência. Era um clima de festa e eu estava bastante animada com tudo, nunca imaginei que ir à missa me deixaria tão entusiasmada.

O velho José Augusto exibia a família que encabeçava: a jovem esposa com idade para ser sua filha, o filho mal-encarado, a caçula mimada, as funcionárias inglesas – onde me incluo – e todos os escravizados do sobrado. Parecia uma cópia no passado de um político asqueroso do nosso tempo...

Nós andávamos como se fosse um "caminho da roça". Desculpem a minha falta de criatividade ao usar outra vez a metáfora da quadrilha da festa junina, mas não me vem mais nada à cabeça pra tentar ilustrar a cena. Sinhô José Augusto todo pomposo com seu chapéu engraçado, orgulhoso das pessoas que tinha a seu dispor. Gente que obedecia a ele à força, mas que o desprezava, porque era asqueroso, sem capacidade de cativar bons sentimentos. Um homem falido que violava as mulheres e que arranjou um casamento para filha para resgatar um status social. Senti repugnância por aquela figura desde que nos cruzamos pela primeira vez. O filho dele, Carlos, era igual, ou pior. Porque, além de tudo de ruim, guardava a raiva de ter abandonado os estudos para seguir os passos do pai, enquanto o irmão ilegítimo, Miguel Jorge, tinha se formado doutor.

Nesse passo firme de homens autoritários, chegamos à igreja que reconheci ser a da Candelária. Tão bonita quanto a que conhecemos no Centro do Rio do nosso tempo, mas aqui sem nenhum prédio, carro ou avenida para atrapalhar a paisagem.

Era uma agitação danada do povo na rua. Tenho para mim que, diferentemente do dia da semana, o domingo tinha uma alegria que vazava dos corpos contaminando a atmosfera. Havia alguma coisa no ar que fazia as pessoas mais sorridentes. Dessa vez não me sentia como da primeira vez que estive na rua. Porque agora eu estava misturada com os demais, sem medo de ser descoberta, no meio de uma tradicional família colonial branca e vestida tal qual, portanto, fiquei à vontade para observar melhor tudo. Muitas famílias, como a do Sinhô José Augusto, desfilavam como se a rua fosse uma passarela. Igual as baratas depois da dedetização, os brancos saíam de suas tocas aos domingos, geral enfeitado.

Chegamos à missa lotada, eu nunca tinha entrado em uma igreja como aquela, achei muito sofisticado, como se estivesse em um castelo de rainha, numa cerimônia de realeza.

Tudo que se fez foi ouvir os sermões do padre, acho que em latim porque não dava pra entender nada que ele falava. Era muita gente, muita repetição de palavras, coisa bem chata mesmo. Passado um tempinho, eu me dei conta de que rolava um clima extra religioso entre alguns fiéis. Uns homens olhavam demoradamente para as mulheres jovens, que percebiam pelo canto dos olhos e avermelhavam as bochechas. Quanta azaração disfarçada eu vi naquela missa, tudo meio escondido, mas muito na cara de quem quisesse ver. Foi assim que me diverti enquanto fingia rezar também. Imaginei toda essa gente dentro de casa durante a semana torcendo por uma missa pra arranjar um crush.

#Quedesespero.

Fiquei com vontade de estar sentada com Thereza, para fazer um monte de pergunta. Mas Thereza estava longe, não a vi e nem nenhum dos escravizados da casa, desde que entramos. Percebi que Sinhá Alda estava toda animada e com o rosto vermelho. Era um pimentão na verdade. Do lado dela sentou um homem muito elegante e cumprimentou baixinho. Sinhá não desviou o olhar, era óbvio que ela sabia que ele se aproximava desde antes de se sentar e por isso ferveu o sangue a ponto de subir até sua bochecha. "Minha nossa! Bellatrix brasileira tem uma queda por outro homem", pensei.

Quando a missa acabou, saímos atrás do Sinhô José Augusto da mesma forma que entramos. As mulheres devem andar sempre atrás dos homens, ficou óbvio para mim desde que saímos de casa, nas ruas, outras famílias seguiam essa mesma forma com os homens na frente.

Ficamos um tempinho parados na porta da igreja para uma série de cumprimentos entre homens e mulheres da elite. Miss Grace me contou que depois iríamos para a casa da filha de Sinhô José Augusto, a Sinhazinha Cecília, onde ia rolar uma "recepção", ou seja, um tipo de festinha.

Antes da gente sair, o mesmo homem que havia

sentado ao lado da Sinhá Alda na igreja se aproximou do nosso grupo e falou para Miss Grace:

– Miss Grace, sua presença e instruções estão fazendo muito bem a essa família, veja como estão todos felizes, calmos e bem-vestidos.

– E você continua faltando com respeito ao seu pai. – Respondeu ríspido Sinhô José Augusto pro moço.

– Perdoe-me o deslize, peço-te a benção, meu pai. – O homem era o outro filho de sinhô José Augusto, o tal Miguel Jorge.

– Deus te abençoe...

Miguel Jorge beijou a mão do pai e cumprimentou o irmão Carlos com aperto de mãos. Depois, deitou um beijo demorado nas mãos de Sinhá Alda, me causando nojo aquela cena meio incestuosa em plena luz do dia, na frente de tanta gente de moral fingida. O rapaz deu também um beijo molhado nas mãos de Miss Grace, que me apresentou, sempre com seu tom formal:

– Conheça minha sobrinha, Miss Maíra Winehouse, órfã que acaba de desembarcar da Inglaterra. Sua generosa madrasta Sinhá Alda permitiu que ela ficasse no sobrado até que consiga alguma ocupação ou casamento.

– Miss Maíra, apresento-te Doutor Miguel Jorge, filho de José Augusto e bacharel em Direito, trabalha na Comarca do Rio de Janeiro.

Essas apresentações que Miss Grace fazia acompanhadas de um currículo curto me deixava super sem graça. Parecem a descrição que fazemos de nós mesmos nas minibios do Instagram. Só que com a gigantesca diferença de ser feita por outra pessoa, e não ser o que queremos falar de nós mesmos. Imagina meu Instagram assim “Orfã inglesa que está hospedada na casa de uma sinhá em busca de ocupação ou casamento".

#Socorro.

Miguel Jorge beijou minha mão me encarando sem descanso, não pude reagir de outra forma senão espontaneamente rindo, debochada, daquela sedução medíocre de um homem adulto para uma adolescente como eu. Ele percebeu meu desprezo e se afastou, sem jeito, dizendo:

– Minha irmãzinha Emília é muito agraciada, tem duas inglesas legítimas em casa para que se torne uma verdadeira dama com os melhores dotes. Tudo graças a minha bela madrasta que é uma dedicada mãe. – De novo jogou charme para a própria madrasta na frente do pai, que nem se ligava. Eu queria sumir de tanta vergonha alheia.

– Emília fará uma apresentação musical mais tarde para que apreciem os resultados das nossas aulas. – Miss Grace me salvou daquela cena constrangedora.

– Será uma honra participar.

– Pois vamos logo à casa de minha irmã Cecília, disse grosseiramente o sinhozinho Carlos, interrompendo as gracinhas do meio irmão.

AS TRETAS

A casa de sinhazinha Cecília e do marido ficava em Botafogo, como estávamos no Centro da cidade, era um trecho longo pra fazer a pé. Senhor Rodolpho mandou uma carruagem importada da França pra buscar a gente na porta da Igreja. Miss Grace, Sinhá Alda, Sinhô Augusto e eu ocupamos os lugares do veículo, os outros homens – Sinhozinho Carlos e Miguel Jorge, seguiram montados a cavalo. Adelaide, Rita, o menino José e Thereza retornaram para o sobrado. Sinhá Alda e Sinhô José Augusto tentavam disfarçar o deslumbre por estarem dentro de uma carruagem, artigo de luxo digno de poucos membros da elite da Corte. Eu mesma me achei chique quando a carruagem chegou com esnobes rodas, cortinas de veludo vermelho e um condutor todo arrumado.

Só que a ostentação de andar em uma carruagem não passava da aparência, como tudo nessa família. A viagem foi super desconfortável. A cabine trepidou o tempo todo na estrada cheia de buraco feita de pedra e terra. Em compensação, quando chegamos em Botafogo o visual foi um presente! Eu que amo a minha cidade nunca tinha achado-a tão linda quanto naquela paisagem, quase sem nenhuma interferência urbana. Não imaginava que a enseada de Botafogo era tão bonita, que já teve a areia branquinha e extensa e a água do mar tão azul. Minha mãe que é arquiteta ia ficar de queixo caído com o que vi. Um Rio de Janeiro sem o atropelo dos aterramentos, prédios e viadutos. As poucas casas que havia eram espaçadas umas das outras, cheias de flores e árvores, como se respeitassem o ar no pulmão que a natureza propõe.

A casa de Sinhazinha Cecília e de Rodolpho tinha um

andar só no meio do terreno e um jardim na frente, era tipo uma chácara. Dentro era cheia de móveis de madeira grossa, bem diferente dos poucos móveis do sobrado de Sinhá Alda, e ficava com as janelas e portas abertas para entrar ar e luz. Na parte de trás, tinha um quintal com árvores de frutas, fontes de água e um monte de bichos. As galinhas, patos, perus, porcos e coelhos compartilhavam o espaço com cabanas de barro emendadas uma na outra, era a senzala daquele lugar. Na varanda, havia gaiolas e vários tipos de pássaros presos, reconheci entre eles papagaios e araras.

Fui apresentada rapidamente a sinhazinha Cecília, que estava no final de uma gravidez delicada e não podia sair do quarto. Era mais nova que eu imaginava, tinha o mesmo jeito fechado da sinhá Alda, mas foi gentil comigo. Conheci também o marido dela, Senhor Rodolpho Clemente alguma coisa, um português cinquentão que veio para o Brasil em 1808 com o único objetivo de ficar rico, e conseguiu. Ele me contou com naturalidade que trabalhava com comércio de escravizados e mercadorias, como se comprar e vender pessoas fosse a mesma coisa que comprar e vender charutos.

Apesar de todos os horrores por estar rodeada de escravagistas, estava uma tarde gostosa naquele lugar que chamavam de Solar. Mais uma vez, eu estava sendo bem recebida pela elite branca colonial. Fiquei bem mais à vontade do que poderia imaginar, e me senti um pouco estranha com isso, será que eu estava naturalizando, como todos os opressores, aquele jeito de viver em que os brancos aproveitavam as mordomias enquanto negros trabalhavam à força? O que eu naturalizava no cotidiano do meu tempo?

Antes do almoço, passeamos na praia de Botafogo, alguns convidados entraram na água. Fiquei morrendo de vontade de mergulhar também, era uma oportunidade única aproveitar o mar sem poluição, mas eu não tinha roupa para isso, não sabia que iríamos à praia. De qualquer forma, nem sei de onde tiraria aqueles trajes esquisitos que usavam no lugar de biquíni. Miss Grace me explicou que os brasileiros não estavam acostumados a se banhar nas águas salgadas e frequentar a praia, o que estava acontecendo era uma excepcionalidade introduzida pelos costumes dos imigrantes ingleses. Não pude crer no que ouvia com a imagem que temos hoje em dia das nossas praias lotadas.

Depois do banho no mar e um passeio pela chácara, comemos em uma enorme mesa com louças sofisticadas. Serviram diversas comidas deliciosas preparadas por um cozinheiro escravizado, havia frutos do mar frescos e doces de frutas para sobremesa.

Comi tanto que senti logo vontade de usar o banheiro e descobri outra raridade da época que tinha no Solar e que, segundo Miss Grace, também foi copiada dos ingleses. Era uma cadeira de madeira sem fundo, com uma bacia embaixo e uma tampa para colocar em cima depois de usar. Muito mais sofisticado que o penico no quarto, era tipo um vaso sanitário rústico e a forma lembrava um trono, e imagino vir daí a piada do meu pai que diz “vou ali sentar no trono” quando quer fazer cocô.

Depois do almoço, fomos todos para uma sala grande, onde sinhazinha Emília apresentou uma música clássica no piano, arrancando aplausos emocionados e deixando Miss Grace orgulhosa. Depois da Emília, outras mulheres se revezaram no instrumento pra animar a festa.

Havia entre os convidados de senhor Rodolpho, muitos portugueses como ele e pessoas importantes da Corte. Aproveitei pra conversar um pouco com gente diferente que se interessava em mim por ser “recém-chegada da Inglaterra”.

Teve um cara bem chato chamado Tomas que fez de tudo pra me importunar contando sobre sua vida. Esse senhor era administrador da Casa Comercial de um tal Elias Antônio Lopes. Descobri que esse Elias foi o homem que doou a mansão e toda a Quinta da Boa Vista para a Família Real Portuguesa em 1808, que a partir de então se tornou um Palácio, ou seja, a residência oficial da realeza portuguesa no Brasil. Nos tempos atuais, esse palácio é o Museu Nacional, o mesmo que pegou fogo com muita coisa da nossa história. Indo e voltando assim no tempo, tem coisas que são bem assustadoras. Esse Elias também era traficante de pessoas escravizadas e acumulou fortuna comprando e vendendo gente. Tomás me contava tudo isso com orgulho, fazendo questão de mostrar que ele era parte de um grande empreendimento:

– Sabe, moça, traficar escravos é uma operação bastante complexa em termos logísticos, econômicos e financeiros. Então, embora todos reconheçam o trabalho de meu falecido patrão, não sabem que envolve muita gente, que é impossível ser feito por uma pessoa só. – Falava bem metido mexendo em seu bigodinho ridículo que ele achava ser o máximo.

Ele falava com orgulho mesmo, mostrando quanta gente se envolvia no negócio escravagista. Fiquei chocada e ouvindo sem muita paciência o homem, mas também sem coragem de enfrentá-lo.

Desde a morte do patrão, ele havia montado a própria loja que vendia escravizados, perto do armazém de Senhor Rodolpho e queria se tornar alguém importante na Corte.

– Meu falecido patrão recebeu títulos e cargos importantes em agradecimento ao presente concedido ao Rei. Antes de falecer ele era o responsável pela arrecadação de impostos em várias localidades desse vasto reino. Sabe o poder de quem arrecada impostos?

– Responsável por arrecadar os impostos? Parabéns. Isso tudo porque deu de presente o palácio para o Rei? – perguntei em tom crítico que passou batido. E era isso mesmo, o rei ganhou de "presente" um palácio de um comerciante de gente e em troca deu cargos pra ele. Mas Tomás não queria me ouvir, fazia perguntas apenas para tirar uma onda comigo e prosseguir seu monólogo:

– Exatamente! Por acolher em momento de desespero Vossa Alteza, por prestar essa ajuda honrosa mereceu todos esses favores.

– Sei... – Como não fazia diferença o que pensava, logo desisti de expor minha opinião.

– Morreu honrado e rico, meu patrão, depois de sua difícil e honesta vida. Seguirei seu exemplo, fui agraciado por Deus por conviver com tão nobre homem. – Falava agora emocionado, quase chorando. Seria cômico, se não fosse trágico.

Não havia da parte dele nenhum incomodo com o fato de o patrão morto ter enriquecido sequestrando e vendendo pessoas de outro continente, e que comprou os cargos no governo em troca de um sítio com uma mansão. Muito pelo contrário, Tomás queria fazer igualzinho. Um típico caso de corrupção antes mesmo do Brasil ser independente de Portugal. Bem que o professor Ed dizia que muito do que conhecemos da sociedade brasileira de hoje começou há séculos atrás.

– Seu país vem causando muitos problemas ao nosso trabalho. Reconheço que foi fundamental a ajuda dos ingleses para que o Rei fugisse de Portugal para o Brasil. Mas a Inglaterra exige muitos favores em troca, imagine que querem o fim do tráfico de escravos! A economia do Brasil ficará arruinada sem a mão de obra escrava. Quem traz dinheiro para a América Portuguesa não é o ouro, mas o comércio de africanos. Sei que você ainda é muito jovem, além de ser mulher, e não entende desses assuntos. Mas vocês ingleses lucraram tudo que queriam com escravos e agora que têm máquinas e não precisam mais da mão de obra escrava querem que a gente interrompa o tráfico. Mas nós não temos máquinas. A senhorita acha justo? Acha que devemos parar nossos negócios?

Eu não sabia mais o que fazer praquele homem parar de falar tanta asneira comigo e, pior de tudo, não me dava espaço pra opinar. Não sei se foi pelo vinho que me fizeram beber ou pela raiva que estava sentindo de mim mesma por estar ali curtindo de boa uma festinha no meio daquele ninho de cobras, mas tomei uma atitude arriscada. Antes que eu vomitasse na cara daquele monstro, levantei do nada e fui até o piano para tocar uma música. Nem olhei pra cara de Miss Grace porque sabia que ela ia ficar brava comigo, ainda mais que durante as aulas de música eu nunca disse que sabia tocar também.

Senti todos do salão pararem para me olhar. Não sabia o que tocar praquela gente. Me ajeitei no banco, passei a mão nas teclas e respirei fundo. Senti então uma saudade imensa do meu pai e dos momentos de nós dois juntos no piano, quando ele me ensinava tanta coisa sobre música. Suspirei e meio que de forma instantânea e intuitiva comecei a tocar "Chega de Saudade", do jeitinho que meu pai fazia.

"Vai, minha tristeza
E diz a ela que sem ela não pode ser
Diz-lhe, numa prece, que ela regresse
Porque eu não posso mais sofrer

Chega de saudade

A realidade é que sem ela não há paz
Não há beleza, é só tristeza e a melancolia
Que não sai de mim, não sai de mim, não sai

Mas se ela voltar, se ela voltar
Que coisa linda, que coisa louca..."

É que a música tinha tudo a ver com a minha situação, né? #SQN

O salão parou. Ninguém mais dançou, ninguém mais conversou. Continuei com os olhos fechados e fui até o fim, com a imagem do meu pai rindo, minha mãe e minha irmã cantando juntas em nossa casa. Momento que eu amava tanto e que havia deixado de querer fazer depois da pandemia. Deixei meus dedos agirem na forte intensidade daquela saudade. Quando terminei e abri os olhos, estavam todos de boca aberta e sem reação. Caramba, o que eu fiz? Pensei que fossem todos me vaiar. Aos poucos foram chegando as palmas até que recebi um alto aplauso da plateia. Ufa, deu tudo certo, pensei. Agradeci me inclinando e segurando as laterais do vestido com uma baita vergonha e voltei pro canto da sala. Daí um homem se aproximou e falou:

– Muito interessante o que você acabou de tocar, estou impressionado. Mas não conheço esse tipo de música, qual o nome?

– É Bossa Nova – respondi imaginando que ele não saberia do que se tratava, pois Tom Jobim ainda nem sonhava em nascer. E meio que pouco me lixando pra isso, depois do que eu tinha acabado de fazer dei uma chutada de balde geral.

– Bossa Nova? Bossa Nova... – ele repetiu algumas vezes e continuou – Sou maestro formado no Conservatório de

Paris e realmente nunca ouvi antes. Onde aprendeu?

– Foi meu pai que me ensinou.

– Seu pai é brasileiro ou inglês?

– Inglês. – Tive que mentir para não comprometer toda a invenção feita desde que cheguei.

– Estranho, bem estranho. Não há nada nessa melodia que me recorde músicas inglesas.

– Meu pai era capitão de navio, viajava muito, deve ter misturado com outras coisas que aprendeu pelo caminho.

– Mas o nome e as palavras da letra são em português, certo?

Eu queria sumir, que ideia a minha de, do nada, tocar Bossa Nova no meio de um salão cheio de gente do século XIX. Foi o desespero, mas se eu soubesse que esse sujeito ia ficar colado em mim cheio de perguntas eu teria preferido escutar a conversa do tal Tomás. Não respondi.

– Tem alguma coisa na música que me lembrou os batuques dos pretos, mas não se ofenda, de jeito nenhum estou dizendo que o que a senhora tocou merece ser comparado aos barulhos que fazem os escravos nas senzalas. São como animais. Não possuem alma e quem não tem alma não pode fazer música.

Caramba, pensei. Meu pai sempre dizia que a Bossa Nova era um samba modificado pela elite branca brasileira. E que o samba é uma invenção dos negros. Mais uma vez a mesma história. Nessa hora me senti mal por ser essa pessoa branca no meio de brancos opressores tocando música de brancos também. E, ainda por cima, tive que ouvir aquela barbaridade de um músico formado no exterior que não tinha a menor ideia do que era a música negra para o Brasil nos tempos atuais. Antes que eu entrasse em uma crise total sobre mim mesma, um homem negro que estava recolhendo os copos da mesa e ouviu o que dizia o maestro, disse em voz alta e sem interromper o que fazia para que nós dois ouvíssemos:

– Se tem algum animal aqui é você, e ainda por cima fede.

– O que você disse? – perguntou espantado o maestro.

– Eu não disse nada. – respondeu o homem negro.

– Você disse sim, e eu ouvi muito bem. Que atrevimento é esse? Pensa que é gente pra falar assim comigo? – Estava raivoso.

– Eu não falei nada, o senhor é louco e está ouvindo coisas.

– Mas que abuso! Chamem Dr. Rodolpho agora! Onde já se viu uma coisa dessas – disse elevando a voz e segurando firme no braço do homem.

Nesse momento, Rodolpho e outras pessoas se aproximaram.

– O que está acontecendo? – perguntou Rodolpho.

– Esse escravo acaba de me desacatar na frente dessa dama.

O escravizado não se mexeu, cheio de raiva. Fiquei com medo do que iria acontecer.

– Olha, com toda sinceridade ele não falou nada. Eu não ouvi uma só palavra... com certeza o maestro deve estar se confundindo. Deve ter sido eu que disse uma coisa e ele pensou que fosse esse homem que estava passando por aqui.

– Por que você está mentindo? Está certo que ele falou, me xingou, não tenho dúvidas.

Tomás que estava por perto de olho em tudo se intrometeu:

– Ela mente porque é inglesa. Malditos ingleses!

Nem lembro direito o que senti nesse momento, imagino que eu tenha ficado sem respirar e com os olhos arregalados enquanto ouvia um monte de gente falar ao mesmo tempo. Miss Grace se aproximou me encarando brava, achei que ia levar uma palmatória dela no meio da sala. Mas Miguel Jorge conseguiu tranquilizar os ânimos com jeitinho.

– Caro Maestro Henrique, querido cunhado Rodolpho, não vamos estragar a festa por uma bobagem, deixem isso pra lá.

Meio sem graça o maestro soltou o homem que saiu imediatamente para a cozinha.

Um senhor de mais idade, sentado em uma cadeira de balanço e devorando um doce de figo falou babando:

– Aí está o que essa terra se tornou: uma inglesa e um brasileiro juntos contra Portugal. Enquanto isso o escravo se libertou. Vocês não percebem o perigo que correm.

– O que quer dizer com isso? Perguntou educadamente Miguel Jorge ao velho.

– Quero dizer que brasileiros, como você Miguel Jorge, com o apoio dos ingleses como ela, querem a emancipação do Brasil achando que se sairão bem sem o rei de Portugal. Mas o que vai acontecer é que os negros se rebelarão e tomarão essas terras para eles. Aí eu quero ver. Ou, se por um milagre de Deus isso não acontecer, os ingleses obrigarão para que seja feita a abolição dos escravos. Nenhuma ajuda é de graça. Essa terra ficará falida.

– O senhor está equivocado. O que nós brasileiros queremos é liberdade. Porque não é justo que Portugal fique com nossas riquezas. O Rei foi embora para a metrópole levando com ele todo dinheiro guardado no Banco do Brasil, nosso ouro, fez uma devastação. E quem obrigou Dom João a fazer isso foram as Cortes portuguesas. Sabe por quê? A metrópole está falida, somos nós que a sustentamos com nosso suor e trabalho. E digo mais: nossa independência será feita de forma ordenada como quer o Príncipe Regente, Dom Pedro.

Um outro homem resolveu se manifestar:

– Dom João não governa mais, quem manda em Portugal são os deputados dessas Cortes, o senhor sabe disso. Estão fazendo uma Constituição para que ele obedeça às leis de gente comum. Bem faz nosso Príncipe Regente em não obedecer às ordens dessas tais Cortes de Lisboa e escolher ficar aqui e do nosso lado. É mais brasileiro que português, foi criado nesse solo! – disse enquanto soltava fumaça de seu cachimbo.

– Não precisamos nos preocupar, Doutor. Deputados brasileiros de nossas províncias foram enviados a Lisboa, estão trabalhando para que também sejam atendidos os interesses dos brasileiros na Nova Constituição. – Comentou um outro homem enquanto bebia licor com dedo mindinho arrebitado.

– Não venha com essa!! Nossos interesses não serão atendidos em Lisboa. O que as Cortes querem mesmo é que voltemos a ser colônia de Portugal para nos imporem todas restrições e monopólios. Não devemos obediência a essa Corte! Pedro de Alcântara é nosso Príncipe Regente e nosso Defensor Perpétuo, temos confiança em Vossa Alteza e em nossa liberdade! – discursou Miguel Jorge.

Eu fiquei muito aliviada porque todos se empolgaram tanto com o debate que se esqueceram da treta que tinha acabado de acontecer entre o homem negro, o maestro e eu. Inclusive não precisei mais falar com ninguém sobre a música que toquei no piano.

Houve muita conversa política em volta das fumaças de cachinho na varanda do casarão do solar. Eu ouvia sabendo que no dia 07 de setembro o Brasil se tornaria um país independente, ou melhor um Império, e que o governante seria o próprio Dom Pedro I e que não haveria tão cedo a abolição da escravidão. Ou seja, o desejo da maioria daqueles senhores seria realizado.

Era muito absurdo que toda hora os que defendiam a emancipação falassem de liberdade e de roubo das riquezas do Brasil, mas não se davam conta de que era exatamente o que faziam com as pessoas escravizadas: impediam pela violência que fossem livres e roubavam suas riquezas. Diziam que Portugal vivia às custas do trabalho do Brasil, mas também a elite branca vivia às custas do trabalho dos negros. Mais uma vez, percebi que, por ser branca, eu participava de alguma forma de todo esse sistema opressor, afinal estava no meio da sala ouvindo tudo isso, como parte daquela gente. Fui sempre muito bem aceita por essa galera, porque me viam como parte do grupo.

Cada vez que eu me sentia próxima daquela situação ficava ainda mais desesperada em voltar para casa e fugir daquele tempo em que a todo momento eu tinha que refletir sobre meu lugar na história. Eu achava que voltando pra casa, todo esse sentimento desapareceria. Queria de volta meu lugar de conforto.

Já estava de noite quando voltamos pro sobrado. Sinhô José Augusto e Sinhá Alda dormiam durante o trajeto, Miss Grace estava mais simpática que o normal e quis até saber da minha música. Eu disfarcei contando a mesma mentira de que meu pai me ensinou e que, além de capitão, ele era um músico exemplar. Mas que não sabia qual a origem daquela melodia. Já tinha aprendido que falar da Bossa Nova em 1822 era a maior furada. Aproveitei a abertura dela para conversar e perguntei sobre a família Mello Souza. Ela contou alguns segredos que vou resumir rapidamente aqui porque este capítulo já está imenso.

Depois que sinhô José Augusto perdeu os escravizados com a peste ficou falido porque não tinha mais quem trabalhasse pra ele e sozinho não fazia nada. Era apenas herdeiro de uma terra que veio talvez de uma sesmaria. Foi então que topou casar a filha, sinhazinha Cecília, com Rodolpho Clemente Pinto que estava em busca de uma moça de família brasileira para ficar numa boa por aqui com a galera. Em troca do casamento, Rodolpho deu uma grana para ajudar o velho e foi assim que José Augusto conseguiu comprar dezenas de escravizados novos e investir em plantação de café na fazenda – porque acreditava que o café seria o novo ouro do Brasil. Ou seja, José Augusto trocou a filha e o nome da família por escravizados e mudas de café, e tanto ele quanto Rodolpho estavam contentes com o negócio.

Já Miguel Jorge, que tinha sido criado pela madrinha bem longe da fazenda e depois estudado em Coimbra, era mais liberal que o restante da família. Por isso desejava a emancipação do Brasil. Os outros homens guardavam o conservadorismo dos tempos da colônia. Para senhor Rodolpho, era bom o Brasil continuar dependente de Portugal para ganhar com altos lucros do monopólio português da entrada e saída de mercadorias dos portos. Sem falar no medo da proibição do tráfico escravo, que era como ele ganhava mais dinheiro.

Havia um pavor de que a independência causasse o fim da escravatura, explicou Miss Grace, porque a Inglaterra queria assim. Apesar de não concordarem em relação ao futuro do país, todos eram a favor da manutenção da escravização, porque a elite dependia da para continuar rica.

Depois que me contou tudo isso, Miss Grace contou que ela achava um horror usar mão de obra forçada. Mas, óbvio, que como mulher, essa era uma opinião que ela devia guardar só para ela.

Eu queria ter feito mais perguntas, mas antes a carruagem estacionou em frente ao sobrado.

Saltamos e cada um foi pro seu quarto. Logo que todos dormiram, como todas as noites, desci ao porão para as aulas com Thereza e para contar todas as fofocas da festa.

Mas, dessa vez, cheguei um pouco mais tarde que de costume porque passamos um bom tempo em Botafogo. E tive uma surpresa ao chegar lá: Thereza não estava em sua esteira.

Também não vi Feliciano. Adelaide, Rita e o menino José dormiam pesado e nem se deram conta da minha presença. Juarez estava caído no canto, desmaiado e bêbado de cachaça.

Fiquei tensa sem saber onde estaria Thereza. Feliciano devia estar trabalhando até tarde no Porto, descarregando navios. Mas e ela? Fiquei com medo de perguntar pra Adelaide e fazer outra confusão ou acordar Juarez. Voltei para o quarto e demorei um pouco a pegar no sono, preocupada com Thereza, será que ela estava bem?

O VALONGO

Mal pude acreditar quando Miss Grace me acordou no dia seguinte dizendo:

– Levante-se rápido, hoje você acompanhará Adelaide e Thereza nas compras de mantimentos. E amanhã me fará companhia em outras funções na rua.

Apesar de ainda estar sonolenta e receber a novidade de um passeio na rua, recordei logo do sumiço de Thereza na noite anterior, e antes que eu perguntasse algo a respeito para Miss Grace, Thereza apareceu com a bacia de água.

– Bom dia – cumprimentou com tranquilidade, como se nada de anormal tivesse acontecido.

– Bom dia, Thereza, tá tudo bem com você? – perguntei, procurando algum sinal. Ao contrário do que eu esperava, Thereza agia com extrema normalidade.

Como não houve espaço para uma conversa e vi que ela estava sã e salva, segui minha rotina até sair para cumprir as novas tarefas anunciadas por Miss Grace. Não sei se foi a própria Thereza quem arranjou um jeito para eu ir à feira com ela e Adelaide, como tinha me dado a ideia dias antes, ou se foi só uma coincidência. Mas tanto fazia, porque eu estava muito feliz em poder sair para a rua e talvez descobrir uma pista para voltar para casa. Estaria livre da vigilância do sobrado macabro. Talvez eu até conseguisse perguntar diretamente a Thereza onde ela estava no dia anterior.

Saímos juntas ela, Adelaide, Rita e eu. Rita seguiu em outra direção, com uma enorme trouxa de roupa suja na cabeça e o menino José amarrado em suas costas com tecido colorido, que todos chamavam de Pano da Costa. Rita, como muitas outras lavadeiras, preferia frequentar o chafariz das Marrecas, perto do Passeio Público, onde lavavam as roupas sujas, cantavam, trocavam informações e até namoravam.

– Ó como Rita vai animada! Sempre que sai para lavar roupa tem esperança de saber da filha, mas quando volta sem notícia, fica triste e com raiva – lamentou Adelaide.

É que Rita carregava no corpo, além das trouxas de roupas e do menino José, a saudade de sua primeira filha. Descobri que, quando ela cantava aquela música que ouvi no porão, era para lembrar da menina Maria, nome que escolheu pra a filha que não pode criar. Rita foi vendida por sua antiga dona como ama de leite para amamentar sinhazinha Emília, antes mesmo que a menina Maria pudesse experimentar seu leite. Essa senhora era muito pobre e idosa e seu único "bem" era Rita. Ela vivia com o dinheiro que Rita conseguia trabalhando na rua como lavadeira de ganho. Ficava o dia todo deitada em seu barraco esperando Rita trazer dinheiro. Depois que Rita engravidou, ela cresceu os olhos, pois escravizadas com leite eram muito valorizadas, ainda mais sem seus bebês. Rita nunca soube o que a velha fez com sua filha, que, por ter nascido de ventre escravizado, era considerada propriedade da idosa também. Todos os dias que lavava roupa no chafariz, tinha esperança de saber da menina porque as amigas lavadeiras estavam atentas em busca por notícias dela.

A rua continuava muito agitada e lotada de negras e negros, principalmente, vendendo todo tipo de coisas, como frutas, cestos, água, doces e outros quitutes. Me impressionou alguns homens que carregavam aves mortas e expostas ao sol, rodeadas de moscas, para serem vendidas. Liteiras como a de Sinhá Alda circulavam carregadas por escravizados, a maioria delas fechadas com cortinas. Tinham cadeiras para aluguel também e homens oferecendo seus serviços de carregadores.

Muitas lojas comandadas por pessoas negras: sapateiros, quitandeiros, barbeiros e ferreiros me chamaram mais atenção. Vi padarias e tabernas também. Depois entendi que eram em sua maioria negros e pardos livres, trabalhavam por conta própria e alguns com suas habilidades e esforço estavam enriquecendo bastante. Havia muitas formas de se vestir e se pentear. Perguntei pra Adelaide que me explicou:

– Temos diversas origens e culturas e cada um de nós buscamos sempre estar em contato com elas de alguma forma. Nossas roupas, penteados e enfeites é uma forma, estão conectados à nossa ancestralidade. Além do mais, nas ruas, todos querem se distinguir, os brancos para mostrar se são mais ricos ou mais pobres e nós, pretos, para caracterizar os tipos de serviços prestado e, principalmente, nossas identidades de Nação.

– Não entendi.

– Adelaide está falando das marcas tatuadas no corpo e no rosto, túnicas e turbantes, panos, amuletos, cortes e penteado, Maíra, que são diferentes em cada Nação. – Ajudou a me explicar Thereza.

– Como assim?

– Temos diferentes procedências: angolas, moçambiques, monjolos, benguelas... Tá vendo essas marcas nos rostos compridos daqueles rapazes, são todos monjolos.

– Monjolos? – perguntei envergonhada pela minha ignorância.

– Monjolo é o povo proveniente do Congo Norte...

– Ah...

– Esses com trancinhas e com desenhos feitos pelos cortes são os de nação benguela.

– Achei muito bonito... E aqueles homens com um desenho de meia lua na testa...

– São os moçambiques... e também possuem os beiços de baixo e as orelhas furadas, percebeu?

– E tem os calavas, que esticam os lábios ainda crianças com pedacinhos de madeira.

– Nossa! Quanta gente de tanta cultura diferente! Vai ser difícil decorar.

– Com o tempo você aprende.

– Você é de onde, Adelaide?

– Thereza e eu somos crioulas.

– De que parte da África vêm as crioulas?

– Do Brasil. Os nascidos no Brasil são chamados crioulos.

- Ah, os crioulos são os brasileiros então... Mas sua família vem de onde?

– Não sei. Nasci na senzala, assim como minha mãe e antes dela não sei nada.

– E essas mulheres que andam com figas e xales azuis de qual nação elas são?

– Não são de uma única nação. São escravas de ganho, como a Firmina.

– Mas se vestem todas parecidas...

– Sim, para que saibam que são escravas de ganho.

– Por que?

– Todos precisam saber o que cada preto faz na rua. De onde são e para onde vão.

Não entendi direito quando Adelaide me disse isso. Só depois de um tempo em 1822 compreendi a importância que era dada a cada mínimo detalhe de vestimentas, penteados, roupas, joias e até barbas nos rostos ou não. Era uma sociedade extremamente segregada em que cada um tinha seu lugar e isso deveria ser explicitado, e vigiado.

– Facilita a contratação de serviços também, repare,

todos que são carregadores usam esse corte com um tanto de cabelo bem no alto da testa e uma risca grossa na lateral.

– São muitos!

– O que mais se faz nessa cidade é carregar as coisas nas costas.

– Os pretos, né? – complementou Thereza.

Fiquei reparando pelo caminho. Só via gente de várias tonalidades de pele escura trabalhando. Muitos corriam de um lado para o outro, e Adelaide me explicou que levavam recados, cartas e documentos. Estavam apressados e trabalhavam muito, homens e mulheres. Perguntei por que se esforçavam tanto, se afinal de contas, eram escravizados e trabalhavam por obrigação, e ela me explicou.

– A maioria dos que trabalham na rua são de ganho e podem receber por seu trabalho, mas devem pagar uma quantia semanal para seus senhores. Valor que o próprio senhor determina qual é e que chamam de "jornal". E quase todos, além de pagar o jornal, precisam ganhar mais ainda, para pagar a comida que comem e o chão que dormem e também economizam pra comprar a alforria.

– O chão que dormem? Pagam pra morar na casa dos senhores?

– Nem todos moram com os senhores, como a Firmina que vive em uma casa de cômodos dividida com outras pessoas perto da rua da Vala. Mas gasta boa parte do que ganha de extra pra pagar a casa e a comida.

– Caramba.

– Somos maioria, Maíra. Boa parte de nós está livre, por conquista própria e quem não está, luta e trabalha para comprar a liberdade. Se observar bem vai perceber a diferença entre forros e cativos. Trabalhamos para os brancos e trabalhamos para nós mesmos, por isso temos pressa.

Vimos de longe a Firmina atarefada na quitanda que estava lotada de fregueses. Ela deu um tchauzinho animado de longe ao ver Adelaide e Thereza mas não paramos para conversar. Foi a única vez que vi Firmina. Depois descobri que além de quitandeira ela era uma figura importante para muitas pessoas escravizadas, porque aproveitava seu posto de trabalho na rua para enviar e receber informações secretas entre diversas pessoas fugidas e quilombos.

Thereza estava com a cara mais cansada que o normal. Aproveitei que Adelaide se distraiu conversando com vendedor de frutas e me aproximei dela.

– Onde você estava ontem à noite?

– Eu? No mesmo lugar de sempre, ué.

– Estava nada. Pois eu fui até a loja e não te vi lá.

– Ora essa! Agora deu pra me vigiar também? Não basta ter que dar satisfação da minha vida pra sinhá? Eu estava fazendo minhas necessidades num canto. Satisfeita?

Percebi que ela mentia e estava extremante irritada com minha intromissão. Adelaide se aproximou e mudei de assunto fazendo perguntas sobre o que via. Além da curiosidade sobre os costumes daquele tempo, queria dar um jeito de ir ao local onde fui encontrada para ver se havia uma passagem secreta.

– Adelaide, eu gostaria muitíssimo de ir até o Largo do Paço.

– Ao Largo do Paço? A senhorita não sabe que estamos no meio de uma turbulência política? Não há nada que precisamos fazer naquelas bandas, sinhá Alda não nos deu permissão para passeios aleatórios. Estamos aqui para fazer as compras e a senhorita para ajudar. E ainda preciso passar rapidamente na Igreja para entregar minha contribuição.

– Que contribuição?

– A que dou para Irmandade. Mas chega de perguntas, Maíra, você fala demais. Vamos logo, chegando lá você vai ver. – Respondeu já sem paciência comigo.

– Por Favor, Adelaide. Só queria conhecer o Largo, é rapidinho...

– De jeito nenhum! Que insistência! Não fica bem para uma dama passear em dia comum. Temos muito o que fazer. E como disse, as coisas estão pioradas com as tropas portuguesas de tocaia no mar.

– Tropas portuguesas?

– Miss Grace não te contou? Vossa Alteza Real proibiu as tropas portuguesas de desembarcarem em nossas terras. Dizem que a marinha portuguesa está por perto, de tocaia e que a guerra pode começar a qualquer momento. Querem que Dom Pedro volte para a Europa. Mas ele disse que não vai de jeito nenhum. Penso que daqui a pouco devem vir buscá-lo à força com armas e bombas. E a senhorita quer ir passear? Era só o que me faltava!

– Sinto muito, Adelaide. Não sabia que tudo isso estava acontecendo.

– Pois saiba.

Não pensei que esse clima tenso existisse nas praças do Rio de Janeiro, achava que tudo tinha acontecido lá na margem do tal rio Ipiranga, em São Paulo. Jamais imaginaria tropas armadas portuguesas expulsas da cidade e prestes a atacar. Fiquei com medo de presenciar uma guerra ao vivo.

Fomos então com Adelaide para a Igreja de Nossa Senhora do Rosário dos Homens Pretos e de São Benedito. Como eu supunha, havia uma igreja para brancos e outra para negros, essa era mantida pela Irmandade dos Homens Pretos. Adelaide me explicou que a Irmandade tinha várias funções, era como um banco que guardava e administrava o dinheiro dos associados que conseguiam ganhar alguma renda. Era com essa verba que eles cuidavam da manutenção da Igreja, faziam festas para os santos, cuidavam dos doentes e sepultavam os mortos. Também faziam empréstimos para a compra de carta de alforria. Mas era uma fila enorme pra conseguir e tinha critérios de prioridade. Fiz um paralelo para o nosso tempo e concluí que essa irmandade, organizada por negros e pardos escravizados ou libertos, era ao mesmo tempo banco, plano de saúde, acolhimento espiritual, assistência funeral, clube de festa e associação pela liberdade. Achei muita sagacidade uma organização autônoma com tantas funções, já que o sistema lhes virava as costas e os reprimia.

– A gente deposita na irmandade toda nossa reserva de dinheiro e de esperança. É um jeito da gente se organizar e se ajudar. Eu venho para a igreja como devota e contribuo mensalmente da forma que posso. Como sou doméstica, infelizmente, não possuo muita quantia em contos de réis, mas preparo as comidas, enfeito as festas e auxílio em tudo que é necessário.

A igreja era simples e muito bonita, não ostensiva como a dos brancos. Adelaide conversou com pessoas da irmandade, acendeu velas e fez suas orações, estava alegre. Thereza não fazia parte da Irmandade como também não demostrou relação com os santos negros do lugar, ficou na porta esperando.

Seguimos de volta ao sobrado, me sentia sozinha e sem nenhuma conexão com aquele universo. Thereza continuava quieta e distante de mim. E eu estava decepcionada porque não tinha conseguido ir ao Largo do Paço como queria, desperdicei minha primeira chance na rua.

Então Rita, com o menino José a tiracolo, interceptou nosso caminho desesperada:

– Adelaide, Thereza, vai ter leilão no Valongo e disseram que Maria está lá.

– Como assim, Rita? Como sabem que é Maria?

– Foi Luiza que me disse. Ela descobriu que pouco depois que eu fui vendida, a velha morreu. Então levaram a Maria pra Casa das Carmelitas, como se fosse uma criança enjeitada. Mas apareceu uma parenta da velha para herdar Maria como posse. Pegou minha filha do orfanato e deixou ela com um atravessador que vai vender hoje mesmo um lote no Valongo.

– Minha Nossa Senhora, Rita! Como Luiza sabe disse tudo, mulher? Depois desse tempo todo...

– É que agora ela está lavando roupas pras carmelitas e uma freira contou pra ela. Preciso ir ao mercado imediatamente.

– São Benedito ouviu minhas preces! Vamos logo! Quer dizer, preciso voltar pro sobrado pra preparar e servir a comida. Thereza e Maíra te acompanham. Eu carrego o menino José comigo e arranjo uma desculpa se sinhá der a falta de vocês.

Eu não fazia ideia do que era presenciar um mercado que vendia gente, mas foi exatamente o que vi. Uma rua cheia de armazéns que funcionam como depósito de pessoas. O pior lugar que já estive na vida e nunca mais vou esquecer. Mas prefiro não descrever o horror do que vi.

O Cais do Valongo era o Porto da cidade por onde entravam as pessoas sequestradas de suas terras e escravizadas em nosso chão. Eu havia ido numa visita guiada ao sítio arqueológico com as ruínas dessa construção, com minha turma e o professor Ed. Confesso que não prestei tanta atenção ao que diziam no passeio, mas lembro de alças de ferro para os navios atracarem e de tentar imaginar até onde o mar chegava.

Hoje em dia, no Rio de Janeiro, a região é um espaço cultural de resistência da cultura negra, conhecida como Pequena África e tem diversos monumentos e celebrações em memória da cultura afro-brasileira. Minha mãe me levou algumas vezes ao samba da Pedra do Sal que também faz parte desse espaço.

O chamado "mercado" não era um galpão só, como eu pensava. Eram várias casas separadas, tipo sobrados, dos dois lados de algumas ruas. Provavelmente era ali que ficavam as lojas do Rodolpho e Tomás que estavam na festinha em Botafogo.

Rita se sentia aflita com a urgência de encontrar a filha, sem tempo a perder. Vimos de longe que, em uma das lojas, tinham muitas crianças e nos aproximamos pra conferir se Maria estava lá.

– Nesse armazém, Maria não está, Rita. São todos recém trazidos da Costa – observou Thereza.

– Vamos, deve estar em alguma outra casa.

Procuramos incansavelmente em todos os armazéns, mas, de fato, todas as crianças que estavam lá eram africanas recém traficadas, para desespero de Rita. Ou a tal Luiza havia se enganado ou a filha de Rita já havia sido vendida.

Quando desistimos da procura, fomos abordadas por um senhor querendo saber o que uma "sinhazinha e duas pretas" procuravam ali.

– Minha sinhá está em busca de um escravo para servi-lhe, mas não quer comprar nenhum boçal e só possui dinheiro suficiente para comprar uma criança. – Falou antes Thereza para que eu não dissesse nenhuma besteira.

O homem, então, dirigiu-se a mim para responder:

– É melhor que a senhorita volte outro dia, hoje no mercado a maioria é boçal. Landinos são peças caras e não misturamos com selvagens.

– Obrigada, senhor – respondi com enorme constrangimento em interpretar esse papel de compradora de gente e sem entender bulhufas do que ele me disse. E antes que eu perguntasse, conhecendo minha ignorância das coisas e extrema curiosidade, Thereza me explicou, já sem paciência:

– Chamam de boçais os recém-chegados da África, que ainda não sabem falar português, como aquelas crianças que vimos a pouco. Ladinos são os africanos que entendem e falam bem a língua brasileira. E doméstico é como chamam os que trabalham dentro das casas, como eu... para os senhores valemos mais porque somos "domesticados".

Na hora que ela falou isso pensei nas gírias que usamos sem ter noção de onde veem, boçal é uma delas. E também utilizamos o termo empregada doméstica, sem saber que a origem é essa.

Mais uma vez um branco me associava a ele, eu não tinha mais como escapar dessa reflexão sobre ser parte da raça de opressores.

Devastadas, retornamos antes do almoço ser servido e sem que Miss Grace e Sinhá Alda percebessem nossa demora.

Quando relembro esse dia, lembro primeiro de como Rita estava desesperada e frustrada por não encontrar sua filha. Me pergunto o que teria feito ela se a encontrasse, já que não poderia comprá-la. Talvez, ao menos, ver Maria e saber para onde ela iria poderia consolar um pouco o seu coração. Penso como é ser uma filha roubada de sua própria mãe. Como deve ser para uma criança ser arrancada de casa, enfiada em um navio, chegar em um país totalmente desconhecido, sem saber o que vai acontecer e porque estão fazendo isso com ela. Pensei em todas as vezes que chorei por me machucar ou por ter medo e alguém me abraçou. Aquelas meninas e meninos sozinhos não podiam mais ter o abraço de seus familiares. Essa gente que fazia isso estava comigo no dia anterior, comendo, bebendo, fumando charuto e discutindo sobre a independência do Brasil. Eu estava lá, junto, até toquei uma música e passeei pela praia com eles. Tive um sentimento que não conheço o nome ou palavra, uma mistura de dor no peito, angústia e desilusão.

Ao mesmo tempo, me deixa esperançosa pensar na reapropriação desse mesmo espaço no tempo atual pela população afrodescendente para transformá-lo num lugar de difusão da cultura afro-brasileira, de memória e de resistência. Um lugar que apesar de toda a tristeza que guarda, é cheio de alegria e vida. Tantas coisas bonitas e fortes são possíveis de se fazer, ainda que por vezes parece não haver saída.

A RIVAL

No outro dia, foi a vez de ir para a rua com Miss Grace. Depois de tanto tempo, agora eu tinha a oportunidade de estar fora em dois dias seguidos. Embora ainda não tivesse ideia alguma do que me levou ao século XIX, e muito menos de como sair dele, a possibilidade de estar na rua me dava esperança. Era tudo que eu mais queria, voltar pra casa. Mas mal sabia que ainda tinha muita água pra rolar.

Miss Grace e eu iríamos comprar tecidos na rua do Ouvidor e depois visitar uma amiga holandesa dela. Não tive mais detalhes sobre nosso passeio ou o que o motivou, senão o fato de que uma "dama honrada sempre saía acompanhada".

No passeio com Miss Grace, conheci uma rua diferente das que fui com Adelaide e Thereza, um quarteirão que parecia ser de um país europeu. Na rua do Ouvidor, estava toda a sofisticação estrangeira tão desejado pela elite ostentação de 1822. Muitas lojas inglesas e francesas com produtos importados de lá, vitrines com nome em francês e vestidos exuberantes, lojas de tecidos, armarinhos, padarias, sem falar as tabernas inglesas com bandeiras demarcando a nacionalidade, em outras lojas placas anunciavam para qualquer distraído: "Superfino de Londres". Era uma outra cidade dentro da mesma cidade, onde as pessoas se comportavam como estrangeiras, bebendo cervejas nas tabernas e fumando charutos importados nas calçadas.

Depois de escolher alguns produtos de sua terra natal, Miss Grace e eu seguimos para a Rua da Quitanda, onde, para minha surpresa entramos numa livraria, não como as que conhecemos de hoje, era tipo uma loja simples em que o produto principal eram os livros. O livreiro, senhor Paulo, não estava no local, mas seu primo de origem francesa Jean-Baptist que trabalhava na loja, nos atendeu e tinha intimidade com Miss Grace.

O dono da livraria era filho de um famoso livreiro francês que vivia em Lisboa e, por isso, tinha um monte de livros de outros países e alguns brasileiros, editados pelo próprio livreiro através da Impressão Régia.

Jean-Baptist nos mostrou as publicações nacionais com orgulho:

– Veja, essa é a primeira novela publicada no Brasil, *O diabo coxo*. Antes só vendíamos literatura estrangeira. Mas depois que Dom João veio pra cá temos mais liberdade, mesmo assim os livros que chegam aqui devem ser autorizados pela Coroa.

– Isso é censura – comentei.

– Já estivemos em situação pior, moça. Para ler livros liberais a gente tinha que comprar clandestinamente dos estudantes e contrabandistas recém-chegados da Europa. Acredito que em poucos anos teremos acesso a tudo que se publica sem restrições.

– Dê-me, por gentileza, um exemplar da *Gazeta do Rio*.

Era o único jornal com permissão de ser impresso no Brasil, e não fazia nenhuma crítica ao governo português. Por isso, Miss Grace e eu seguimos para a rua da Alfândega para comprar o exemplar de setembro do Correio Brasiliense. Esse jornal era vendido por um leiloeiro, mas era impresso e editado em Londres, por um homem chamado Hipólito da Costa a quem Miss Grace fez mil elogios por ser um opositor sem censura.

Miss Grace estava leve e comunicativa. Depois das

compras, seguimos caminhando até a casa de Carolina, amiga holandesa de Miss Grace, que ficava na Rua Mata Cavalos, mas, antes, passaríamos rapidamente na Rua do Piolho para entregar um documento em um escritório de advocacia.

– Nome engraçado para uma rua – comentei.

– Tem uma história divertida também: Morava lá um advogado de fama duvidosa, que circulava pelos cartórios atrás de causas para que pudesse trabalhar e cobrar alguns vinténs, como se procurasse piolhos na costura das roupas. Daí virou o nome da rua. Já a Mata Cavalos, onde Carolina mora, é um atoleiro que dificulta passagem dos animais, a ponto de alguns morrerem de perna quebrada. Por isso a gente dessa terra prefere andar nas liteiras carregadas por pretos, mas eu não as suporto.

Chegamos na casa da Carolina e fomos recebidas por uma senhora negra idosa, magra e sorridente, chamada Penha. Ela deu um abraço apertado em Miss Grace, a deixando meio sem jeito. Entramos na sala da casa onde estava sentada Carolina, uma mulher muito alta, muito loira, muito branca e muito simpática. Antes de qualquer formalidade de cumprimento como Miss Grace gostava de fazer, Carolina falou de longe com um papel na mão, sem nenhum sotaque de gringa.

– Grace! Venha e leia esse termo que precisei assinar na Intendência Geral da Polícia!

Miss Grace se aproximou, pegou o papel e leu em voz alta:

– "No dia tal e tal de mil oitocentos e vinte e dois anos, na Intendência Geral da Polícia da Corte, compareceu Carolina Van Leuwen, de nação Holandesa por ordem do Conselheiro Intendente Geral da Polícia e foi determinada que assinasse Termo de não tornar a receber em sua casa a escrava Valeria

Benguela de propriedade de José tal e tal e também está proibida de receber ou acolher qualquer escravo; com a pena de prisão no caso de não obediência a essa ordem."

– Minha querida amiga, isso é muito sério. Considero prudente não dar mais guarita aos cativos de outras pessoas em sua casa. Ouvi dizer que o novo intendente da polícia é ainda mais rígido que o antigo.

– Serei honesta com você, Grace, vou acolher qualquer um que bater na minha porta em situação de maus tratos. Queria eu ter condições financeiras de comprar a liberdade de todos, mas não posso. O mínimo a fazer é recebê-los em minha residência por alguns dias e assim farei enquanto viver aqui. Não fiz nada mais que lhe dar água, comida e uns dias de descanso para Valéria.

Nesse momento, a holandesa me olhou com algum receio por eu estar ouvindo o que ela dizia. Miss Grace me apresentou como a órfã sem memória, em tom de desconfiança da minha história.

– Pobre moça – disse a holandesa me fazendo mais perguntas sobre o que havia ocorrido comigo.

– Sinceramente, senhora, não sei bem como vim parar aqui.

– E como pretende seguir sua vida? Sente-se bem vivendo na residência de Sinhá Alda?

– Não tenho escolha. Mas sou grata a Miss Grace por ter me ajudado.

– Eu a trouxe aqui porque sinto que em breve teremos que arranjar outro lugar pra ela ficar. Sinhá Alda aceitou-a apenas por acreditar que é inglesa e achar que poderia ganhar alguma coisa com a presença dela. Contudo, temo que perceba que Maíra não tem nada de inglesa e muito menos modos de uma dama e que a expulse em breve. Seria muito bom se arranjasse alguma casa de família no sertão para que Maíra trabalhe como governanta ou algo assim.

Fiquei aflita com o futuro que Miss Grace desenhava para mim sem me dizer nada antes. Perguntei:

– Onde é o sertão?

– Querida, o sertão é toda a parte fora da capitania, onde estão as fazendas que fornecem mercadorias para as cidades. Lá vivem pessoas de grosso modo e será muito bem-vinda sua habilidade.

– Eu não quero ir pra esse sertão. Pessoa de groso modo? E também não é verdade que tenho habilidades.

– Sabe ler e escrever?

– Sei.

– Pois isso é de grande importância, a maior parte dos que aqui vivem são iletrados.

– Por favor, não me enviem para esse lugar. Tenho esperança de recuperar minha memória e encontrar o caminho de casa.

– Devo lhe dizer, pequena, que estamos em um momento intenso de grandes brigas entre brasileiros e portugueses. Será mais seguro se estiver longe da confusão da cidade.

– O Brasil será independente em breve, tenho certeza – disse meio desesperada.

Miss Grace e a holandesa acharam graça.

– Uma moça tão jovem com visão política, vejo porque a trouxe até mim, cara Grace.

– É uma intrometida pouco informada, isso sim.

– Grace! Não seja dura com a moça. Fico muito mais impressionada com sua submissão do que com o atrevimento dela. Pensarei e farei contatos para que Maíra seja acolhida em algum local seguro. Enquanto isso, cuide dela, está nítido que é uma boa menina. Se for preciso, não deixem de me procurar. Poderia deixar Maíra ficar em minha casa, mas preciso ter espaço para situações de maior urgência.

– Está certo. Mas, insisto que se empenhe para que lhe consiga outro lugar, antes que me cause problemas.

Passamos mais um tempo na sala, tomando chá enquanto as duas amigas estrangeiras conversavam sobre assuntos políticos e sobre o que acontecia na Europa. Miss Grace estava sorridente e comunicativa, fazia bem a ela a amizade com a holandesa.

Nos despedimos de Carolina. Penha, que esteve durante toda a conversa na sala nos acompanhou até a porta, e, antes que saíssemos, me desejou boa sorte, dizendo:

– Fique tranquila, Maíra. Miss Grace parece de gelo, mas tem bom coração. Não fosse por ela eu não estaria aqui. A sorte lhe levou até seus cuidados.

No caminho de volta, Miss Grace contou que, pouco depois de chegar ao Brasil, encontrou Penha no meio da estrada de Laranjeiras, quando retornava de uma visita a alguns amigos ingleses que residem próximo ao Corcovado. Era escravizada em uma fazenda e por ter atingido certa idade e não ter mais força para o trabalho, seus senhores lhe alforriaram e abandonaram, pois não queriam ter gastos com comida e moradia. Miss Grace a recolheu e levou-a até a casa de Carolina, pois tinha ouvido falar da holandesa que recebia alguns escravizados. Foi assim que se tornaram amigas, Carolina, Penha e ela, já havia alguns anos. Não entrou em detalhes sobre como Carolina chegou ao Rio de Janeiro, mas apesar de ter nascido na Holanda, sempre viveu em Pernambuco, sua família havia imigrado pra Recife há muito tempo. Disse que ela foi casada com um brasileiro pardo liberal que morreu e deixou alguma herança e Carolina gastou tudo que tinha comprando escravizados e permitindo-lhes trabalhar por conta própria. Muitos frequentavam sua casa e ajudavam-na prestando-lhe serviços e doando quantias em dinheiro e era assim que vivia Carolina e Penha. Por meio dessas doações, as duas conseguiam continuar acolhendo outras pessoas escravizadas. Carolina era malvista pelos brasileiros e portugueses não só por sua proximidade com os negros, mas por seguir a religião protestante e não a católica.

Depois dessa tarde imprevista fiquei ainda mais insegura. O Brasil em guerra, Thereza me evitando por causa de minha insistência em saber por onde esteve aquela madrugada e agora Miss Grace querendo me mandar para o tal sertão para pessoas de "grossos modos". Se Sinhá Alda e Sinhô José Augusto não eram apelidamos assim, me apavorou imaginar essa gente que recebia esse adjetivo. Seja lá onde fosse esse lugar, era longe da cidade e logo da possibilidade de encontrar alguma pista que me levasse de volta a 2022. Era hora de agir para que algo pior não me acontecesse.

Antes que esse dia terminasse, aconteceu um capítulo à parte.

Miguel Jorge apareceu no sobrado no final da tarde para uma visita inesperada.

Durante essa noite, ele se jogou pra cima de mim, fazendo Sinhá Alda ficar com ciúmes já que sentia amor platônico pelo enteado. Cá entre nós, eu até conseguia entender, porque o Sinhô José Augusto era um homem asqueroso e com idade para ser seu pai.

Miguel Jorge apareceu com a desculpa de que veio ver a irmã caçula, Emília. Devo dizer que a menina realmente ficava alegre com a presença do irmão, pois ao contrário dos outros adultos, ele dava alguma atenção pra ela. Miguel Jorge era diferente dos outros homens da família, por ser liberal, educado e muito elegante. Tinha a pele marrom clara, bigode em formato triangular milimetricamente aparado e a barba quadrada, cabelos bem curtinhos, usava roupas impecáveis e um chapéu preto alto com um tipo de brilho. Chegava sempre com novidades, fossem presentes importados ou notícias da Corte e fazia questão de mostrar que tinha relações íntimas com a elite e a realeza.

Ao saber que Miguel Jorge estava na sala de estar, Bellatrix se trancou no quarto e retornou muito bem-vestida penteada e maquiada, coisa inédita num dia comum. Seu perfume enjoativo impregnou a sala antes dela descer e sentar na cadeira para um chá da tarde, outra coisa inédita também. Aquela mesma mulher que comia usando a mão fez de tudo pra se mostrar educada na mesa. Era tanta ansiedade por estar com o enteado, que foi um desastre a sua maneira forçada de tentar parecer inteligente e simpática – qualidades que, definitivamente não eram dela. Não fosse uma mulher tão asquerosa, eu teria sentido pena daquela atitude ridícula, mas fiquei mesmo rindo por dentro.

Miguel Jorge deixou logo na cara seu interesse em mim e me convidou pra ir com ele ao Real Teatro São João, no Largo do Rossio, que hoje em dia é o Teatro João Caetano na Praça Tiradentes.

– No dia em que a senhorita tocou aquela música linda no piano, constatei seu interesse pelas artes e seu talento para música. Haverá uma ópera executada por Pablo Rosquellas, creio que você irá apreciar nossos artistas, que devo-lhe dizer, não deixam a desejar se comparado aos espetáculos ingleses.

– É muita gentileza seu convite, mas não poderei ir; tenho que ajudar minha tia no trabalho – fugi, obviamente, imaginem se eu iria aceitar o convite para um date com um homem adulto barbado e esquisito daqueles...

– Tenho certeza que minha madrasta não se importará

em te dar uma folga. E domingo é dia de descanso. Imagino que sinta falta de sair e frequentar o teatro como devia ser a rotina na Inglaterra. Vou te apresentar pessoas importantes. Vossa alteza Real Princesa Leopoldina estará presente. Se o Príncipe já tiver voltado de São Paulo também estará lá. E poderá ver os debates políticos que sempre acontecem após os espetáculos. Adianto que será um momento político importante em nosso país, é um privilégio testemunhá-lo.

E lá estava ele de novo, o privilégio escancarado. Vocês têm noção de que o cara estava me convidando para o teatro onde estaria a Princesa Leopoldina? E ele nem sabia nada de mim e o que ele achava que conhecia a meu respeito era tudo mentira. Obviamente que o fato de ser branca, fazia as portas se abrirem pra mim com muita facilidade.

– Não acho oportuno que Maíra saia sozinha em sua companhia. Imagina o que falarão a respeito de nossa família. – Se intrometeu a madrasta apaixonada e cheia de ciúmes.

– Sinto muito, mas devo concordar com Sinhá Alda, querido Miguel Jorge, muitos irão comentar. Preciso cuidar da honra de minha sobrinha.

– Tudo bem, eu te convido, Miss Grace, a nos acompanhar nesse passeio, assim evitaremos fofocas sem deixar de nos divertir.

– Creio que teremos tempo para conversar a respeito.

Enquanto Miss Grace cuidava de minha honra, Sinhá Alda fechou a cara e não falou mais nenhuma palavra. Disse que estava muito cansada e saiu da mesa. Não sem antes gritar para Thereza tomar as providências para que sinhazinha Emília se despedisse do irmão e fosse dormir.

Miguel Jorge percebeu o incômodo que causou na madrasta e resolveu ir embora também. Deu mais um daqueles beijos babentos na minha mão e foi.

Não precisava dizer nada, só uma troca de olhares entre Miss Grace e eu foi suficiente para confirmar o óbvio: Era hora deu meter o pé daquela casa. A Bellatrix Brasileira a partir desse dia me teria como inimiga e rival.

O MEDO

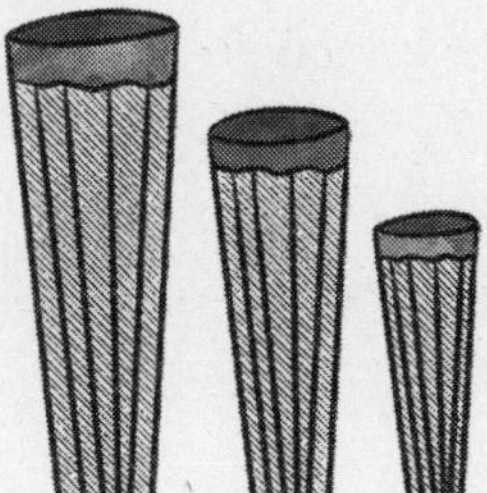

Como de praxe, esperei que todos do sobrado dormissem para ir ao porão conversar com Thereza. Ia pedir para ela parar de me evitar daquela forma, contar sobre a situação que passei com Miguel Jorge e sinhá. E pedir ajuda para bolar um plano ou jeito de ralar peito do sobrado sem ter que ir pra rua ou sertão. Mas, em vez de ir no horário de costume, preferi esperar mais um tempo para que todos dormissem pesado, afinal agora meu cuidado deveria ser dobrado com a Bellatrix.

Entrei com cuidado no porão, pois aparentemente todos dormiam e, de novo, Thereza não estava lá.

Dessa vez, procurei em todo alojamento, no pátio, no corredor, na sala, cozinha, em todos os cantos do sobrado. Não tinha dúvida, ela não estava em lugar nenhum. Onde se metia Thereza tão tarde? Desconfiei que ela devia sair todas as noites depois da nossa aula, quando todos estavam dormindo. Sem pensar direito, abri a porta e saí pra rua, tarde da noite, sozinha.

O silêncio completamente diferente das manhãs agitadas dava uma atmosfera sinistra à rua, parecia não haver nenhuma alma viva na escuridão, a luz dos lampiões já se apagava por falta de óleo de baleia. Por um instante, cogitei voltar pra dentro, mas ganhei coragem pensando que, seguindo em frente, eu poderia tentar desvendar o mistério da minha viagem no tempo. Fui na direção que calculei ser a do Largo do Paço, onde tudo começou e por onde eu queria terminar aquele pesadelo. Mas eu não sabia me movimentar naquela cidade que não era o Rio de Janeiro do meu tempo, todas as vezes que saí foi em companhia.

Quanto mais longe eu estava da rua do sobrado, mais perdida eu ficava. As lojas fechadas, os lampiões falhando, ninguém vendendo ou entregando encomendas, ninguém comprando coisas, lavando roupas, bebendo ou fumando charutos nas calçadas. Era apenas eu e poucas pessoas pelas ruas, que nem pareciam se importar com minha presença. Esbarrei com alguns tigres, apressados e muito concentrados em esvaziar os barris fedorentos nas valas dentro do horário permitido.

Ouvi o som do mar. Durante o dia, mesmo estando sempre próxima a ele, não dava para escutar seu barulho, por causa de tanta bagunça e vozes. Me concentrei na melodia das ondas e comecei a ouvir outros sons: eram tambores e vozes, abafados pela distância. Depois, cada vez mais alto, mais alto e mais. Intuitivamente, fui sendo guiada pelos barulhos, aquela vibração me atraía. Quando percebi, estava numa trilha fechada que apontava para o alto de um morro, o som e algum movimento vinha de lá. Subi, meio enfeitiçada.

No final da trilha, cheguei em um espaço aberto, cheio de homens e mulheres, negros e pardos, e outros gatos pingados brancos, como eu. Era uma festa! Uma festa clandestina no alto de um morro carioca com vista para a Baía de Guanabara. Um espetáculo maravilhoso de assistir. A música era feita com instrumentos que associei ao samba, tambores de vários tipos, chocalhos, uma espécie de cavaquinho, além de berimbau da capoeira. Que beleza! Fiquei parada, no canto da colina, amando o que via e observando toda aquela gente, que literalmente dava o coro trabalhando para a elite branca durante o dia. Agora muitos ali, vestidos com roupas lindas esvoaçantes, sorrindo, cantando e dançando. Alguma coisa acendeu dentro de mim, a música, a dança e a alegria lembraram os sambas com minha mãe e me senti mais perto de casa.

Eu estava viajando no ritmo da dança, nos casais que se formavam no centro do círculo e giravam com os olhares colados, e na batida frenética dos tambores quando, de repente, surgiu um grupo de soldados uniformizados dispersando geral.

Foi um corre-corre para todos os lados. Eu fiquei imóvel, assistindo ao tumulto como se fosse uma peça de teatro da qual eu não participava. Estava totalmente enganada, pois assim que um dos guardas me viu, veio em minha direção. Perplexa, apenas me movi para trás, como quem dissesse com o gesto "não tenho nada com isso", mas o guarda avançou e só não me segurou ou empurrou, porque uma pessoa se colocou entre ele e eu com piruetas rápidas. Percebi que era alguém usando golpes de capoeira para me ajudar a fugir. Comecei, finalmente, a correr não sem antes olhar para trás e confirmar minha suspeita. O capoeirista era Feliciano, mais uma vez me salvando no meio da rua.

Desci pela mata, apressada, confusa e sem saber se deveria me enfiar mais no mato fechado. Poderia ter cobra, onça e sei lá mais qual bicho naquele morro. Preferi me esconder e esperar algum momento calmo para tomar a trilha de volta. Agachei no chão, atrás de uma árvore, bem quieta, pensando que saí do sobrado para achar um caminho de volta para a casa e tudo o que eu mais queria era estar de volta pra ele, deitada no quarto ao lado de Miss Grace.

Ouvi passos em direção ao meu esconderijo, prendi a respiração para não me acharem. Mas o barulho de folhas pisadas chegou mais perto, senti que alguém parou na frente da minha árvore protetora, eu atrás suando pavor. Ouvi:

– Ei!

Fechei os olhos e mantive o silêncio.

– Eu sei que você está aí. Pode sair, Maria. Sou eu,

Feliciano.

– Feliciano!!! Quase gritei.

– Quieta. Ainda precisamos esperar mais um pouco.

Ficamos os dois, agachados e mudos por quase uma hora. Feliciano então disse:

– A sinhazinha Maria gosta mesmo de se envolver em confusões para ser salva por mim. O que estava fazendo aqui em cima? Você percebeu como poderia se encrencar? A polícia não gosta de brancos que se metem nas festas dos pretos; e de novo me arrisquei para te ajudar.

– Nossa, levei um susto com tudo que rolou, do nada esses guardas. E aquele vindo pro meu lado... Nem sei como te agradecer. Mas, por favor, não me chame de sinhazinha, apenas Maíra e não Maria.

– Sorte a sua que te vi e consegui te ajudar. Vamos, precisamos sair daqui.

– Vamos!

Lá ia eu outra vez, atrás de Feliciano. Descemos o morro pela mata, por uma outra trilha, muito mais fechada e escondida, Feliciano conhecia bem o lugar.

– Não sabia que você lutava capoeira.

– Essa é uma forma de me retribuir esse favor: não conte pra ninguém que sou capoeira.

– Ué, por quê?

– A capoeira é proibida. Se a Guarda Real descobre, serei castigado em público e preso... então só a Sinhá Alda poderá me retirar de lá e ela vai me fazer pagar por isso. Também posso ser obrigado a trabalhar na construção da estrada pública e não terei tempo de trabalhar pra mim.

– Por que a capoeira é proibida?

– Tudo que nós pretos fazemos para nos divertir ou nos defender é proibido. Devemos apenas servir.

– Isso já percebi.

Chegamos ao pé do morro, seguimos andando pela praia vazia. Era linda a praia deserta iluminada apenas pela lua. Feliciano estava ainda mais estiloso que o comum, vestido de linho branco, sapato de bico fico e sua marca registrada que era o lenço no pescoço. Comentei sobre o lenço e ele explicou:

– Além de bonito esse lenço tem muita utilidade. Todos os capoeiras usam. Servem para aparar o suor que escorre da cabeça e mais importante, são de seda, e a seda não deixa a navalha cortar.

Eu perguntei tanto que Feliciano me contou sobre como a capoeira entrou em sua vida, quando ainda era um garoto, e da camaradagem do seu grupo. Explicou que sempre que possível se encontravam próximo ao Chafariz das Marrecas à noite para praticar e se divertir. Mas que os brancos tinham pavor da capoeiragem e por isso sabiam se dispersar rápido.

– Eles têm medo da nossa força. Se todos os pretos aprenderem a lutar, acabamos com eles. Um capoeira sozinho em ação dá conta de vinte brancos com ou sem armas. Por isso foi proibido.

– E mesmo assim praticam? E se os matam?

– Não mata nada! Gostariam de matar a gente, mas não matam! Eles batem, prendem, fazem a gente trabalhar em obra por anos. Mas não matam, porque é prejuízo pro dono que vai reclamar indenização no governo e daí vira prejuízo pra todo mundo. Matar escravo é como queimar dinheiro. E os negros forros se misturam no meio da roda no meio da gente. Nem dá pra saber quem é quem.

– Mas perseguem então.

– E muito. O major Nunes Vidigal que é quem

comanda os Guardas, tem prazer em perseguir a capoeiragem. O governo paga bem ele pra fazer isso. O mais engraçado é que o tal Vidigal usa da capoeira também. Nunca vi, mas sei que é um homem alto, gordo, sangue-frio e tem uma baita agilidade. Dizem que joga muito bem o pau, a faca, o murro e a navalha, nos golpes de cabeça e de pés. Ele sabe que nossa arte é melhor do que a de qualquer soldado, por isso quis aprender. Pra lidar com a gente só assim e o homem não é besta. Parece que recebeu um pedaço de terra no morro Dois Irmãos em recompensa por perseguir a gente.

Eu fiz, em meus pensamentos, a conexão entre o nome do Morro do Vidigal que fica na base dos Dois Irmãos bem de frente pro mar e esse homem, era por isso! O nome do morro veio por conta desse sujeito que recebeu a terra em troca de perseguir capoeiristas.

– É que eles têm muito medo mesmo. Medo da gente dominar tudo. Pra mandar, eles ficam colocando medo na gente com polícia, castigo, prisão. Só que eles também ficam com medo. É como a navalha, com fio que corta dos dois lados.

– Uma revolta.

– Isso mesmo. Em uma outra colônia, São Domingos, os pretos se organizaram e se armaram, mataram todos os senhores brancos e ainda fizeram a independência de lá. Então os senhores daqui morrem de medo da gente fazer igual.

– Já tentaram alguma vez?

– Eu soube de algumas vezes que tentaram uma revolta, do tempo que era moleque, nas fazendas de Engenho. Mas só ouvi de ouvido, participar mesmo não participei. Agora, na Bahia, teve coisa séria, o Domingos participou de duas revoltas por lá.

– O Domingos? Jura? Mas ele é tão quieto.

– Domingos é haussá e tem um jeito diferente ao

nosso, prefere ficar com os companheiros da crença dele. Na Bahia são muitos haussás, aqui no Rio de Janeiro tem menos que lá. Mas eles se encontram com frequência, são sérios e organizados. Domingos acha que jajá os malês vão se rebelar de novo na Bahia, mas dessa vez será ainda maior.

– E como foi essa revolta? Como Domingos veio parar aqui?

– Você não cansa de fazer perguntas, hein? Mas vamos falando que a caminhada é longa mesmo. Domingos contou que a rebelião foi muito bem organizada e por pouco não venceram. Na primeira que ele participou, eles aproveitaram o domingo, que era dia de folga. Na madrugada, mais de duzentos pretos atacaram as armações da pesca de baleia, mataram os feitores e os senhores, incendiaram casas e instrumentos de trabalho, depois margearam o rio pra chegar no interior, no Recôncavo, onde tinha um monte de rebelde pra juntar na luta. Mas quando chegaram já tinha uma tropa organizada pelo governador com moradores e uma milícia com armas até os dentes.

– Caramba...

– Foi uma pena. Muitos foram presos e outros conseguiram fugir pra mata e pra dentro da água do rio no desespero de fugir.

– E Domingos?

– Domingos conseguiu fugir pra mata, só que depois acabou sendo capturado e preso. Ia ser condenado mas o senhor dele foi esperto e conseguiu tirar ele da prisão e vender antes. Desse jeito, Domingos não morreu e o senhor não teve prejuízo.

– Meu Deus!

– E Sinhô José Augusto pagou barato por conta de tudo isso. Domingos teve que ser vendido às pressas e pra fora da Bahia para não encontrarem ele.

– Eu nunca poderia imaginar... Domingos tão quieto... E aqui no Rio de Janeiro, os capoeiristas não pensam em lutar?

– Até pensa, mas tem muita briga. Tem que organizar direito, se algum gatuno dá com a língua, todo mundo é preso e castigado. Eu fui criado de rua, não entro em conversa de qualquer um, tem que ser bem planejado e com gente correta.

– Ué, pensei que você tinha vindo da fazenda de Engenho, junto com a Adelaide.

– Não... eu já tive outro senhor.

Eu fiquei fazendo mais perguntas e Feliciano foi me contando coisas da vida dele. Não porque confiava em mim, afinal sou branca e comia e dormia junto com as pessoas que escravizavam ele, mas ao mesmo tempo estávamos estabelecendo algum vínculo afetivo: ele salvou minha vida duas vezes e eu e a namorada dele estudávamos juntas.

Ele contou que estava juntando dinheiro para comprar sua alforria, desde os oito anos, quando começou a trabalhar clandestinamente por conta própria, levando recados e mercadorias no centro do Rio e buscando água na fonte. Mas era escravizado de um comerciante medíocre de quinquilharias desembarcadas no porto. Feliciano contou que o tal homem vendia um tanto de coisas importadas inúteis como por exemplo, carteira, sendo que no Brasil ainda não tinha dinheiro em papel, apenas moedas. Feliciano tinha a tarefa de fazer os serviços de rua: pequenas compras, entregas, correios, recados e buscar água. Mas como era esperto realizava as tarefas com muita rapidez e começou a fazer o serviço extra para outras pessoas da vizinhança. Foi nessa época em que fazia bicos pelo porto, bem moleque, que começou a capoeiragem e nunca mais parou. Quando seu sinhô descobriu as tramoias de Feliciano, enfureceu-se. E com medo da esperteza de Feliciano vendeu ele para Sinhô José Augusto para ir trabalhar no Engenho, longe da cidade. Nessa época ele ficou separado do grupo de capoeira e diz que só pensava em voltar. Então, quando os Mello Souza compraram o sobrado ele deu um jeito, com ajuda da Adelaide, de ir trabalhar para Sinhá Alda na cidade. Daí, conseguiu retornar ao grupo e nunca mais parou. A Capoeira e Thereza eram seus maiores amores.

– Desde então trabalho com ganho nos horários que sobram, além de ser tigre e carregador para Sinhá. Pago o jornal pedido por ela e economizo para comprar a carta de alforria minha e de Thereza. Eu trabalho nos "dois mundos", dentro e fora da casa. Por isso, consigo praticar a capoeira sem ninguém descobrir. Mas, como não disponho de todo o tempo para trabalhar com ganho, é bem pouca a quantia que consigo guardar ao mês.

– Thereza me contou que as cartas são muito caras.

– Para a gente é caro porque não dispomos de todo o nosso tempo pra trabalhar pra gente. Mas pros outros não, tanto que quase todo branco tem cativo preto pra lhe servir e sustentar, até os mais pobres.

– Como a mulher branca idosa que não tinha nada e que a Rita sustentava lavando roupa.

– Tem muita gente assim. Mas escute, eu já tenho outra ideia pra conseguir ficar livre mais rápido. Te contei essa história toda porque preciso de um favor seu.

– Um favor meu? Euzinha? Como eu poderia ajudar?

– Hoje eu vi, e depois Adelaide me confirmou, que o sinhô Miguel Jorge está interessado na senhorita.

– Ao que tudo indica, sim.

– Então. Miguel Jorge tem contato direto com a nobreza e está enfiado até o pescoço no movimento de separação.

Um amigo capoeira disse que estão recrutando os pretos e pardos pra milícia contra as tropas portuguesas e, em troca, darão nossa alforria, pagando nosso preço pros nossos donos.

– Milícia?

– Sim, estão recrutando a gente, especialmente os pretos capoeiras porque sabem que lutam bem. Quem lutar pra defender o Brasil, vai receber alforria. Bem, isso é o que dizem. Já pensou como seria um exército de capoeiras?

– Mas não entendi ainda como posso te ajudar.

– Você precisa dar um jeito de falar pro Miguel Jorge pra me recrutarem. Ele vai te escutar, já que está interessado na senhorita. Assim, eu conseguirei minha carta de alforria muito mais rápido. E depois que os portugueses forem de vez pra longe daqui, acredito que vai ter a abolição da escravidão. Pelo menos, dar liberdade para os crioulos, brasileiros nascidos aqui como eu. A guerra pela independência do Brasil também tem que fazer o nosso povo livre.

Prometi que falaria com Miguel Jorge, ainda sem ter ideia de como fazer isso, mas nem tinha como negar nada pro Feliciano, o cara me salvou duas vezes e sempre foi muito legal comigo.

Ouvi Feliciano sabendo que ele se enganava ao imaginar que o Brasil Independente incluiria a abolição da escravização. Eu tinha estudado nas aulas do Ed que a abolição só ocorreria mais de sessenta anos depois da independência. Mas não tive coragem de contar pra Feliciano. Ele não acreditaria mesmo em mim e na minha história de quem vim do futuro. Achei que não faria muita diferença eu dar esse *spoiller* terrível sobre o Brasil. Mas, depois, pela forma que as coisas se desenrolaram, me arrependi do meu egoísmo e da minha covardia.

A CASA DE FAYOLA

Saímos da areia da praia, depois de mais de uma hora caminhando, sujos até as canelas. Mal alcançamos a rua e percebemos outro tumulto entre alguns homens negros e soldados.

– Está cheio de "morcegos"! Precisamos tomar cuidado, eles ficam de vigília e fazem a ronda noturna atrás da gente... – Morcegos?

– São soldados da Guarda Real comandados pelo Major Vidigal – aquele que te falei. Eles chamam a gente de cabras, vadios e arruaceiros. O pessoal do chafariz deve ter arrumado a confusão pra distrair eles e o pessoal da festa poder voltar para casa e se esconder.

– Impressionante a organização de vocês.

– Você não sabe nada da gente, Maíra... olha, não podemos ir pro sobrado agora, a situação das ruas está cada vez mais perigosa, ainda mais com essa briga entre portugueses e brasileiros. Precisamos tomar cuidado.

– E o que faremos?

– Venha, sei de um lugar seguro. Siga-me em silêncio.

– Já vi esse filme antes... – tentei uma piadinha sem sentido e fora de hora. Mas ele não ouviu ou ignorou mesmo.

Feliciano me guiou por vielas enlameadas e sem nenhuma iluminação, com muita agilidade para encontrar passagens onde não havia "arruaça" ou os tais morcegos.

Até que enfim, suados e exaustos, chegamos em uma área que parecia bem próxima ao Valongo, talvez fosse o pé do Morro da Conceição, perto da Pedra do Sal, onde eu ia ao samba com minha mãe.

Estávamos diante de uma casa simples, com cobertura no telhado de algum tipo de capim ou palha, as paredes aparentemente de barro com pedaços de pau. Não tive como não lembrar das pesquisas de minha mãe sobre "bioconstrução", era mais uma sabedoria que vinha dos negros e que os brancos do futuro goumertizaram. Feliciano abriu a porta do jeito de quem conhece intimamente o local.

Porta adentro era um grande salão de chão de terra batida tão lisinha que parecia um piso de cimento queimado. Minha vista foi se acostumando ao ambiente e discernindo as formas até constatar que havia outras pessoas no local, todas quietas. Acho que precisavam descobrir quem estava chegando para saber se era seguro.

– Feliciano? Maíra? O que fazem aqui?

Um vulto se aproximou ao nos reconhecer. Embora ainda não fosse possível enxergar a fisionomia de quem dizia nossos nomes, a voz era familiar, até que bem próxima de nós, tive certeza de ser Thereza.

– Maíra estava no alto do morro sozinha, no meio de uma roda de Lundu. Os morcegos chegaram e iam pegar ela, se não fosse por mim. Descemos pela trilha da mata até a praia, eu ia levar ela pro sobrado, mas as ruas estão um tumulto. Tive que trazer pra cá, até que tudo se aquiete.

– Fez bem – disse, enquanto acendia um candeeiro, uma senhora negra de pele bem escura, toda vestida de branco, assim como a cor de seus cabelos semi escondidos por baixo de um tecido enrolado na cabeça, era bem velhinha.

– Nós ouvimos os barulhos de confusão por perto também e silenciamos nossos trabalhos na casa. Parece que a lua cheia virou a cabeça de muitos hoje e a aguardente deixou outros corajosos demais. A lua cheia traz a saudade e a cachaça aguça o desejo de vingança.

– Essa que é Maíra, a moça misteriosa que Feliciano encontrou na rua e levou para o sobrado. Parece que não aprendeu nada, nem ele nem ela. Não acho que fez bem trazê-la aqui, Feliciano. E você, Maíra, deveria estar na cama e não na rua. – Thereza me apresentou dando uma bronca em mim e no Feliciano.

– Não precisava dizer. Soube logo que entrou que se tratava da moça que me contaram. – A senhora parou de falar e ficou na minha frente, tive a impressão de que ela estava com os olhos fechados, senti um vento frio subir dentro de mim, pelas minhas costas até o topo da cabeça. Foi uma coisa bem doida que durou só alguns segundos. Depois ela falou.

– Sabe Thereza, muitas vezes surgem coisas e pessoas em nossa vida por algum motivo que ainda desconhecemos. São encruzilhadas. Lembra que te falei que Esù matou um pássaro ontem com uma pedra que só jogou hoje?

Eu não entendi o que ela quis dizer com isso, mas essa frase nunca mais saiu da minha cabeça, porque sei que tem uma mensagem importante nela. Nos tempos atuais, assisti ao filme do rapper Emicida *#AmarElo* e ele começa falando esse mesmo ditado. Super indico esse documentário.

Thereza parece ter compreendido o recado da senhora, porque ficou mais calma comigo.

– Sou Fayola – se apresentou a mulher.

– Boa noite, Fayola. Agradeço por me receber aqui e peço desculpas por chegar assim tão tarde e sem avisar na sua casa.

– Essa casa é de muita gente, Maíra.

– Todos moram aqui, Fayola? É para cá que Thereza vem toda noite? O que fazem aqui? – perguntei enxerida diretamente para a senhora, aproveitando para ver se ela me contava o que Thereza insistia em esconder.

– Converse com Thereza e Feliciano, eles podem explicar tudo. Vou acender o fogão para terminar de cozinhar o angu para amanhã cedo. Acho que agora as coisas se acalmaram lá fora e estamos seguros para seguir com nossos afazes. – disse e se retirou para os fundos externo da casa.

Com a luz emitida pelo candeeiro agora aceso, percebi que havia mais gente no local. Crianças, mulheres e homens de várias idades, sentados no chão, em esteiras e outros em redes penduradas, grupos que sussurravam entre si. Eu era a única branca.

Thereza me puxou para uma esteira e fez que me sentasse na frente dela. Feliciano ficou do lado de mãos dadas com ela.

– Maíra, você não deveria estar aqui. Seu lugar é no sobrado. – Começou a falar Thereza.

– Eu não podia ficar mais lá. Aconteceu muita coisa que você não sabe, porque não consegui mais conversar com você. Então é aqui que você fica quando não está no porão? Mas por que você vem aqui? Feliciano vem também? Vocês dois vêm sempre? Porque não me contaram desse lugar, não confiam em mim? – eu realmente não queria aceitar que por mais legal que eu me considerava, os laços de confiança não se estabelecem com tanta facilidade num sistema extremamente opressor, violentamente racializado.

– Calma Maíra é muita pergunta de uma vez só! Bom... vou tentar te explicar porque que Fayola pediu. Você sabe que estamos cativos e não temos liberdade para estarmos juntos. Nas ruas e nos sobrados não podemos nada, senão servir. Aqui é uma casa onde nos encontramos livremente. Sempre que encontramos uma brecha, viemos aqui, cantamos, festejamos, ouvimos histórias de nossa gente, nossos antepassados, fazemos nossos cultos... cuidamos de quem precisa, do nosso jeito de ser.

– Não é perigoso?

– É perigoso, óbvio. Mas necessário. Não podemos vir sempre, mas sempre que precisamos vir, damos um jeito.

– E por que voltam? Por que não fogem logo e vivem aqui então?

– Não é tão simples, Maíra. Você não entende nossa situação. Aqui é um lugar de descanso. Se usarmos esse espaço para um abrigar todos que querem fugir, logo nos encontram e acabam com a casa. Esse espaço precisa ser preservado do jeito que é: um lugar de cuidado e respeito. Um lugar secreto para quem realmente precisa.

– Poxa vida, gente. Desculpa.

– Você põe todos nós em risco ao sair à noite. Se acordam e dão falta de você podem dar falta da gente também e aí será uma desgraça. Se percebem sua falta ou se te seguem até aqui, acabam destruindo esse quilombo, como já aconteceu outras vezes e demoramos muito pra conseguir construir tudo de novo. Você tem casa comida e é bem tratada, está livre, quer fugir de que? Sua rebeldia é egoísta, sem fundamento e coloca muita gente em risco.

– Poxa vida. Eu não tinha ideia de que estava fazendo isso. Me sinto muito mal agora, mil perdões. O que posso fazer pra mudar?

– Agora que já fez não adianta pedir desculpa. E eu não tenho a mínima ideia do que você pode fazer pra mudar. Quem deve descobrir é você mesma. Tenho meus próprios problemas para resolver e são muitos.

Não tinha como comparar a minha situação com a da Thereza. Mesmo assim eu só estava preocupada em fugir e que também eles, os negros, me ajudassem em meus problemas, não bastava toda ajuda que recebia da galera branca.

Mas, vocês já sabem, né? Quando esse tipo de pensamento sobre mim mesma aparecia, eu mudava de assunto para me tirar logo do meio daquela situação que eu não queria fazer parte.

– Você falou que aqui é um Quilombo? Pensei que os quilombos fossem escondidos no meio da mata...

– Existem muitos tipos de quilombos, esse é um deles – explicou Feliciano, ainda com as mãos dadas a Thereza e fazendo um carinho nos cabelos de Thereza.

Nos alimentamos e repousamos naquele espaço até pouco antes do sol raiar e pude conhecer melhor Fayola, a pessoa mais respeitada do que entendi ser um quilombo urbano. Era como uma Mãe de Santo de todos que frequentavam a casa, que servia como um tipo de terreiro clandestino também. Antes da confusão das ruas, que fez com que interrompessem seus afazeres, estavam cozinhando angu para vender na manhã seguinte e preparando outras comidas para uma festa da casa. Os negros que frequentavam o lugar eram em sua maioria de nação Angola ou crioulos e muitos fingiam seguir a crença católica, mas secretamente honravam seus ancestrais, já que os cultos de origem africana eram proibidos.

Fayola foi a primeira escravizada que conheci que veio dentro de um navio negreiro, direto da África para o Brasil. Apesar da viagem ter sido só sofrimento, Fayola guardou as memórias de sua vida em anterior, época em que vivia com seu pai, mãe e irmãos livremente. Foi sequestrada por homens armados, não sem muita resistência, vendida e trazida à força pra cá. Fayola disse que a travessia foi uma despedida, porque ao perder a família, o contato com suas raízes e a liberdade, morreu uma parte dela também. Mas que ela e seus companheiros de viagem trouxeram na travessia muita força, sabedoria e criatividade para essas terras. A viagem forçada fez primeiro Fayola se sentir sem lar, e sempre com desejo de retornar o que havia perdido. Depois ela entendeu que poderia reconstruir a África aonde estivesse.

Ela contavá sua história emocionada, era uma saudade viva que ainda sentia toda vez que falava. Mas ela me disse que por mais que doa, é sua obrigação contar sua trajetória para que nunca fosse esquecida, em honra de todos que dividiram com ela a travessia no navio tumbeiro e em honra aos seus antepassados.

Quando chegou no Brasil, foi batizada no navio por um padre católico. Para ser uma escravizada, Fayola foi obrigada a fingir que abria mão da sua origem, seu passado, sua ancestralidade, suas crenças. Os escravagistas queriam que ela se esquecesse dela mesma. Recebeu outro nome, escolhido pelo padre na hora, era Rosa. Mas Fayola não se deixou morrer, nunca esqueceu seu verdadeiro nome. Sobreviveu outra vez e outra e outra e outra e outra. E segue inventando formas de vida, junto com os seus.

Foi comprada por um senhor de engenho, trabalhou na lavoura de uma fazenda e aprendeu a falar o português. Entrou na Casa Grande como mucama de sinhá. Concordou dissimuladamente em ser chamada por Rosa. Aceitou toda trajetória imposta por mãos armadas porque sabia que seu destino estava traçado e que sua missão era trazer para o Brasil suas crenças e manter a história de sua ancestralidade viva.

Depois de anos, comprou sua alforria com a ajuda de um jovem pardo que ela ajudou a criar. Desde então, se dedicou a construir um espaço para o culto aos seus antepassados e as lembranças de sua terra.

Fayola pagava os custos da casa com seu trabalho de anguzeira, ela e outras mulheres negras, tinham ponto fixo de venda de angu. O lucro era usado para as festas, os batuques, as danças, as comidas, os cuidados com os doentes e tudo que envolvia a casa. Eu estava em uma fortaleza construída com muito trabalho e amor.

Ao contrário do que eu acreditava até então, Thereza, Feliciano e todos os escravizados estavam o tempo todo bolando estratégias de resistência naquele sistema repressor e violento contra eles. Thereza aprendia a ler e escrever escondida, se dedicava para ser livre e ter filhos livres também. Feliciano trabalhava desde criança para comprar sua carta, aprendia a lutar com um grupo organizado de capoeiristas, e também pensava um jeito de ser recrutado para conseguir libertar o Brasil e os escravizados. Firmina atuava como mensageira e articuladora de fugas e afugentados. Rita obtinha notícias de sua filha, porque as lavadeiras negras usavam o momento de trabalho no chafariz para trocar informações. Todos que podiam trabalhavam muito para comprarem a carta de alforria. Até Adelaide, através da igreja e da irmandade, conseguia se movimentar contra a exclusão. E ainda organizavam casas como essa, de Fayola, um lugar livre no meio da cidade, onde cozinhavam, dançavam, conversavam, contavam histórias de seus antepassados e cultuavam suas divindades. Fingiam seguir as regras daquela sociedade para não chamarem atenção para seus atos, mas estavam muito atentos e se articulavam contra ela, de forma ativa e disfarçada.

Minha ignorância sobre tudo isso se mostrava cada vez maior. Mas quem era eu pra conseguir enxergar a luta dos negros? Meu lugar era associado ao dos opressores e meu ponto de vista da disputa não era muito diferente.

Voltamos para o sobrado e ocupamos nossos lugares, sem que ninguém percebesse nossa aventura. Eu ainda não conseguia entender o que estava sentindo. Mas lembro de querer ainda mais estar em casa, protegida de tantas descobertas que fazia.

Óbvio que eu tinha saudades e nunca me acomodaria em viver sozinha num mundo dois séculos antes do meu tempo longe de tudo que amo. Mas também é verdade que eu desejava voltar a outro tipo de conforto, aquele em que eu achava que não precisava me preocupar com essas questões raciais. Ou que não tinha que lidar com elas quando apareciam, como foi o caso com Dayo. Em minha vida do futuro, esse conflito está camuflado pra que pessoas brancas como eu finjam que ele não existe.

O GRITO

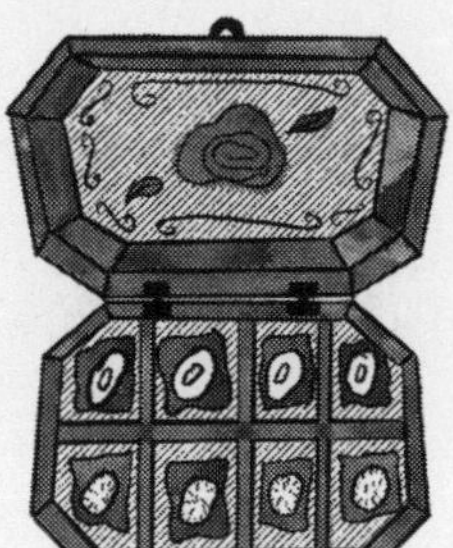

O tumulto político era cada vez maior, os assuntos das ruas chegavam dentro da casa.

Senhor José Augusto e Senhor Carlos se mudaram por um tempo para o sobrado pra acompanhar de perto o que estava acontecendo. Todos queriam estar na cidade, perto do Porto, para ter as notícias rápidas, tanto sobre as decisões tomadas pelo Príncipe Regente, como pelas Cortes de Lisboa e as tropas portuguesas. A rotina da casa se transformou e devo dizer que para muito pior.

Cecília também foi pedir abrigo no sobrado junto com uma ama de leite alugada e uma mucama para os cuidados do bebê. O marido Rodolpho estava em Lisboa para garantir os interesses dele para que toda essa movimentação política não pusesse em risco o tráfico de gente. Ela comentou que doutor Rodolpho estava entusiasmado com a possibilidade do Brasil voltar a ser como antes da vinda da família real, dando aos portugueses exclusividade na venda de produtos e parando com aquela entrada desvairada de produtos ingleses e franceses no país, sem que passasse antes pelas mãos e taxas da metrópole.

Precisei de poucos dias para que a primeira impressão que tive de Cecília fosse por água abaixo. Ela era igualzinha a madrasta Bellatrix: dormia, reclamava, gritava com as escravizadas e queria tudo na mão. Mal encostava no bebê recém-nascido, que mamava no peito da ama nitidamente exausta em atender a criança durante os dias e as madrugadas. Mais uma megera.

Se por um lado a casa ficou menos entediante com

tantas visitas, por outro era um saco ter que aguentar a arrogância e a mesquinharia daquela gente que se multiplicou.

As refeições agora eram junto com Sinhô José Augusto e sinhozinho Carlos, que comiam de forma asquerosa, arrotavam na mesa, cuspiam e gritavam o tempo todo. Um nojo! Tudo que era ruim nas sinhás conseguia ser pior nos homens. A casa parecia ter sido invadida por bárbaros.

Miguel Jorge também aparecia para algumas visitas e continuava dando em cima de mim. Eu tinha que ser educada com ele porque esperava um momento certo para cumprir minha promessa e falar sobre o recrutamento de Feliciano.

Sinhá Alda se enfiou com Rita, Adelaide e Thereza entre a cozinha e o quarto, aparecendo apenas para comer. Ela jogava toda raiva em minha direção e me humilhava dando indiretas de que eu era uma "aproveitadora" que vivia as custas dela.

Miss Grace estava atordoada e irritada com a nova dinâmica da casa e os péssimos modos daqueles homens que ignoravam o seu esforço em educar sinhazinha Emília e fazer do sobrado um lugar minimamente sofisticado. Como perdeu o controle da gestão da casa, Miss Grace mudou sua rotina e nos momentos de folga arranjava toda hora alguma coisa para fazer na rua. Mas era sempre uma desculpa qualquer para visitar a Carolina.

Eu aproveitei aquela bagunça e saía, sempre que possível, acompanhando Miss Grace nas idas para casa da Carolina, onde rolava um encontro de pessoas diferentes dando pitacos sobre a situação brasileira, tudo regado a chá e charutos. Minha tática era me manter longe de todos e esperar um milagre para voltar pra casa. Em todos os lugares não se falava outra coisa, senão na provável independência do Brasil.

Eu ainda precisava dar um jeito de falar com Miguel

Jorge sobre Feliciano. Aproveitei um dia que ele veio fazer uma visita e não tinha ninguém pra me reprimir, Miss Grace estava a casa da Carolina e sinhá emburrada no quarto. Ele me trouxe de presente uma caixa de doces e essa foi a deixa que eu precisava.

– Nossa, que delícia. Eu sinto tanta vontade de comer doces como esses. E se a gente fosse agora numa confeitaria da Ouvidor? Nem lembro mais como é sentar e comer doce tomando um café.

– A senhorita está me convidando para dar um passeio agora? – Se espantou.

– E por que não? Minha tia saiu e estão todos distraídos, nem perceberão minha falta.

– Mas se descobrirem haverá consequências para você.

– Eu nem ligo. Vamos, por favor, por minha conta e risco.

– Bom, se insiste não tenho como dizer não. Aliás, será um grande prazer e honra.

– Ótimo.

Minha ideia era bater um papo rápido sobre assuntos fúteis e já engatar na questão de Feliciano para voltar logo e não dar muito espaço para ele.

Entramos na confeitaria da Ouvidor. A rua parecia um shopping center ao ar livre, contudo mais vazia que o usual, acredito que pelo medo da guerra.

Sentamos na mesa, Miguel Jorge fez o pedido, eu estava um tanto nervosa com aquilo tudo. Mas, promessa é dívida, e eu devia muito ao Feliciano.

Daí aconteceu uma coisa inusitada. Um homem que também estava na confeitaria veio até a nossa mesa.

– Doutor Miguel Jorge! O senhor por aqui?

Percebi imediatamente o incomodo de Miguel Jorge.

– Esse lugar já foi mais bem frequentado – disse o homem.

– Por gentileza, Senhor Pedro Paulo, estou acompanhando essa senhorita em um passeio e não quero confusão.

– Se não quer confusão, não deveria se meter nos assuntos políticos. Seu lugar não é na política ou Comarca. Sabia que acabam de recusar o pedido de um pardo como você para ser Procurador da Coroa? – disse o homem em voz alta, chamando atenção das outras mesas.

Eu gelei, agora sim todo mundo ia ver que eu estava na mesa saindo com um homem adulto. Mas não era isso que chamava atenção pro pessoal daquela época.

– Por favor, Pedro Paulo, não vê que estou acompanhado? Essa moça acaba de chegar da Inglaterra, não está acostumada com esses modos. Seja educado.

– Faz todo sentido que esteja cortejado uma inglesa. Nenhuma moça brasileira de boa família aceitaria um convite de um mulato bastardo como você. Não adianta se vestir e se portar como branco. Volte para o seu lugar, deixa de ser metido. Fica se juntando com os liberais, mas nem mesmo a maçonaria abre as portas para quem possui defeito de cor como você.

Miguel Jorge se irritou e não conseguiu manter o jeito calmo que tinha geralmente. Levantou da cadeira e quase gritou dizendo.

– Vocês portugueses estão desesperados porque sabem que não poderão mais sugar nossa riqueza. É melhor voltarem pra de onde vieram. – Olhou pra mim e disse:

– Vamos Maíra, vamos sair daqui.

Eita ferro, pensei. Não existe lugar tranquilo pra conseguir conversar em paz nesse ano de 1822. Porém, a gente não precisou sair, o tal Pedro Paulo foi antes, mas fez questão de dar uma última facada:

– Podem ficar, Deus me Livre ter que dividir um espaço com gente da sua categoria. "Partus Sequitur Ventrem". O que nasce depende do útero. Sabe o que significa, Doutor Jorge? Estudou bem a lei romana? Significa que seu status de escravo segue o de sua mãe. E assim sempre será.

Eu não entendi direito aquela frase em latim, só escrevi direito e traduzi aqui porque depois pesquisei no google.

Não sabia se o homem estava com raiva de Miguel Jorge por questões políticas ou pessoais, daí eu disse:

– Deixa ele pra lá, não vale a pena brigar, finge que nem ouviu.

– Se você soubesse, Maíra, tantas coisas que eu preciso fingir não ouvir ou não perceber desde que nasci.

– Por causa da política ou por ser filho fora do casamento?

– Por ser mestiço – contou meio sem graça, como se tivesse confessando um crime. Acho que ele se viu obrigado a falar sua história pra mim depois daquela cena de humilhação que o homem o fez passar na minha frente. De repente, Miguel Jorge parou de forçar o jeito sedutor dele, era como uma flor murchando.

– Ah... – falei me ajeitando na cadeira para ver se tinha alguma posição confortável para o papo que poderia desenrolar a partir daí.

Foi aí que pensei na minha bisavó que também era parda e, pelo que minha mãe tinha contado, tinha vivido questões muito parecidas com as dele. Bem que minha mãe disse que essa miscigenação não aconteceu sem conflito.

– Minha bisavó também era mestiça – comentei sem pensar.

– Você tem uma avó mestiça? Mas não é inglesa? – falou meio espantado e duvidando do que eu disse.

– Sim... sou inglesa. Mas minha bisavó era parda. É uma longa história que não conheço direito porque não falam muito sobre isso na minha família. Um dia eu conto, mas agora não. Eu só queria te contar que tenho uma antepassada com vivencias parecidas a sua. – Emendei mentiras com verdades.

– Pois então você deve saber que não é nada fácil.

Depois do que eu disse, ele ficou mais à vontade e começou a desabafar.

– Desde criança fui muito maltratado pelos meus irmãos. Piorou mais depois que me formei e consegui trabalhar na Comarca, por terem inveja. Nunca me aceitaram de verdade na família. Meu pai finge que não sou filho da negra que ele violou, como se eu tivesse nascido do nada. Ele espera que eu finja que isso não aconteceu e ainda que eu seja grato a ele, por ter me registrado e financiado meus estudos. Sempre ouço que tive esses privilégios apenas pelo sangue branco que carrego nas veias, mas não esquecem que também tenho uma parte de sangue preto. As coisas que acham boas em mim, dizem que foram herdadas do meu pai, e tudo que acham ruim relacionam ao sangue de preto. Preciso ser mais branco possível para poder estar onde estou.

A situação dele era realmente muito parecida com a da minha bisavó, aqueles assuntos cabulosos que incluíam abuso e racismo. Quando ele falou sobre ter que ser o mais branco possível para conseguir um lugar na sociedade, entendi melhor a dificuldade de a bisavó Fátima lidar com sua negritude. Deve ter sido muito difícil para ela, mulher parda e mãe solteira, conseguir criar os filhos num país racista como o nosso. Assim como Miguel Jorge, ela dever ter precisado ser o mais branca possível em muitos momentos da vida, ou seja, essa situação se repete até os dias atuais, não é um passado morto.

– Você deve se orgulhar de suas conquistas, dizem que você é uma pessoa influente na política. – Fui tentando afastar os pensamentos sobre minha família e trazer o assunto para o lado da guerra e do recrutamento para alcançar meu objetivo naquele passeio e terminar logo com aquilo.

– Isso não posso negar, minha formação e estudos me abriram muitas portas. Mesmo assim preciso ser cauteloso para não me excluírem totalmente.

– Que tipo de cautela você precisa ter? – sondei para ver se teria espaço para o meu pedido.

– Não posso revelar meus verdadeiros ideais.

– Tipo quais?

– Sou brasileiro e liberal, sou a favor de uma monarquia constitucional e nesses termos estou afinado com o que defende o deputado maçom Joaquin Gonçalves Ledo. Por outro lado, concordo com o que diz José Bonifácio, seu opositor, de que a escravidão deve ser extinta no país. De forma ordenada, certamente. Sou favorável que os nascidos no Brasil tenham a liberdade garantida na Constituição após a separação da metrópole. Mas não posso dizer isso, se o digo em público, a maioria dos que trabalham pela independência me virarão as costas.

– Eu concordo com isso também. Inclusive ouvi dizer que sem a ajuda dos negros, a luta contra a independência poderá ser perdida.

– É verdade. Precisamos de todos nos campos de batalha.

Pimba! Era minha chance de falar o que queria.

– Eu não entendo de guerra, mas se tivesse que

escolher alguém para lutar do meu lado escolheria Feliciano, sem dúvidas.

– Feliciano escravo de minha madrasta?

– Ele mesmo. Uma vez o vi brincando de lutar e fiquei chocada de como é rápido e forte.

– Feliciano? Brincando de lutar?

– Acho que sim.

– Será capoeiragem?

– Não sei... Mas era incrível o que ele fazia.

– Sabe que estão recrutando homens para a milícias, inclusive pretos?

– Olha, nem sabia. Então se querem mesmo soldados valentes para vencer essa guerra, pode falar pra quem cuida dessa parte que você conhece um dos bons.

– Não sei... Minha madrasta não o cederia.

– Mas se você falar das indenizações que pagam talvez ela se interesse. Está sempre reclamando da falta de dinheiro. E ainda é uma boa causa ajudar na independência do Brasil.

– Ela não se interessa por esses assuntos. Aliás, estou impressionado com você, Maíra. Não sabia que estava a par da política. Como sabe dessas indenizações?

Eu sempre falando mais do que devia...

– Não sei tanto assim, apenas ouço uma conversa ou outra. Mas boto fé que recrutem Feliciano, até porque também quero ver o Brasil Independente.

– Pensarei no assunto.

– Será que depois de lutar pelo Brasil ele terá uma carta de alforria?

– Isso já não sei dizer. Provavelmente não. Há ainda muita coisa a ser feita e a prioridade é vencer essa guerra e manter as províncias unidas. A maioria das pessoas tem medo de uma revolta escrava, como a que ocorreu em São

Domingos.

– Acho que já ouvi falar sobre isso também.

– Com certeza ouviu, lá no Haiti os pretos se revoltaram, mataram seus senhores, proclamaram a independência e tomaram o país para eles. Aqui, para as coisas darem certo precisamos de união e cuidado para não perder o controle das coisas. Não é hora de incluir o assunto de alforria e abolição. Ainda haverá muita luta.

– Mas você acha que vai ter guerra, tipo guerra mesmo com gente matando e gente morrendo?

– Sim. Portugal irá entregar essa colônia sem muita luta. Em Pernambuco e na Bahia rebeldes tentaram se emancipar e alguns foram decapitados em praça pública, principalmente os negros e os pardos que se envolveram nas conspirações. Mas você não precisa se preocupar com isso, é assunto de homens.

Mesmo Miguel Jorge tinha algum limite nos ideais revolucionários, não estava concentrado na libertação dos escravizados. Eu aproveitei para não falar mais nada. Tinha feito o prometido: pedir pra ele recrutar o Feliciano. No mais, eu sabia que jájá o Brasil se tornaria independente mesmo, eu não precisava fazer nada para isso acontecer.

Então me veio a ideia de usar aquela brecha pra ir ao Largo do Paço. Minha maior aflição era encontrar um jeito de voltar pra casa. Já estava na rua sozinha com Miguel Jorge, era só estender mais um pouco. Depois de tanta coisa em uma tarde ele nem parecia mais querer me seduzir, fiquei tranquila para pedir.

– Seria muita folga minha pedir para que me leve até o Paço?

– Até o Largo do Palácio? Por que?

– Eu gosto de ver os navios chegarem, lembro do meu pai.

- É muito perigoso no meio dessa confusão...

- Por favor...

– Está certo, te acompanharei. Mas não devemos demorar, em breve as ruas ficam escuras, estão todos nervosos e explosivos com a questão da independência. E tenho medo do que que Miss Grace e Alda farão ao saberem que saímos a sós sem consentimento.

Caminhamos até o Largo do Paço e sentamos no muro ao lado do chafariz para olhar o mar e os navios. Foi mais ou menos naquele lugar que acordei depois de desmaiar na escola e viajar no tempo. Senti um arrepio no corpo ao estar ali outra vez. Parecia que fazia uma década que estava em 1822. Olhei tudo com calma, mas não achei nenhum sinal ou pista que me levassem de volta. Não sei o que eu estava esperando, um buraco negro se abrir no meio da praça? Um navio com uma placa escrita "Passageiros com Destino a 2022"? Me deu vontade de chorar. Bateu um desespero de ficar presa pra sempre naquele tempo. Nem consegui mais falar nada. Miguel Jorge deve ter percebido o tanto que eu fiquei triste e pensado que era saudades de minha família, para ele eu era uma menina órfã. Propôs que voltássemos pra casa antes que escurecesse. Aceitei. Voltamos quietos e nos despedimos na calçada. Entrei sem dar ideia para as pessoas da sala me falando coisas em reprovação. Fui para o quarto, fechei a porta. Queria sumir.

Nem deu tempo de me acalmar, Miguel Jorge voltou poucas horas depois esbaforido e chamou todo mundo na sala para dar uma notícia.

O motivo me deixou atormentada: Dom Pedro havia retornado de sua viagem a São Paulo e iria em breve ser coroado Imperador do Brasil no Teatro.

– Imperador do Brasil? – perguntei perplexa.

– Isso mesmo, Miss Maíra. O Brasil terá seu próprio governo. Estamos livres das garras da metrópole e agora somos um Império.

– Quando foi que isso aconteceu? Quando o Brasil ficou independente? – eu estava incrédula, devia ter perdido alguma coisa.

– Há algum tempo isso vem conhecendo e era impossível retroceder aos andamentos naturais das coisas.

– Está me dizendo que já ocorreu a proclamação da Independência nas margens do Ipiranga? – perguntei com bastante precisão, pois se fosse real o que me dizia Miguel Jorge, estava errada minha aposta de que retornaria ao futuro logo que o Brasil se tornasse independente.

– Ora, ora, está muito bem-informada para uma dama. Aparentemente José Bonifácio e Leopoldina fizeram chegar ao Príncipe a necessidade de nos rebelarmos de uma vez por todas. A princesa Maria Leopoldina estava como regente interina quando chegaram ordens das Cortes de Lisboa retirando o poder do Príncipe. Ela assinou a resolução pela nossa Independência e o Príncipe ratificou em São Paulo, no meio da viagem, acho que perto desse riacho. Estava com desinteria o coitado e teve que resolver assim mesmo.

– Mas só agora que sabemos disso tudo? E o tal grito Independência ou Morte nas margens do Ipiranga?

– Não sei de nenhum grito, Maíra. O que sei é que o Brasil já deixou de ser colônia há décadas. Produzimos nossas riquezas, temos um regente em nosso solo, somos nós quem fornecemos as mercadorias e trocamos nossa produção com outros países. Tudo foi acelerado pelas atitudes impetuosos das Cortes de Lisboa, que queria nos arrancar o sangue e suor de nosso trabalho.

– Não pode ser verdade – resmunguei resignada.

– Também me assusto diante de tal alegria.

– Então acabou? Leopoldina assinou a carta, Dom Pedro também e o Brasil está livre. E aquele papo todo de guerra?

– Calma, moça. Foi só uma decisão tomada. Agora teremos que lutar para que seja aceita. Ainda há muita a ser feito, não vai ser fácil. Portugal irá reagir, portugueses que moram no Brasil também e muitas províncias resistem ao fato. Precisamos unir o país em torno de nossa liberdade.

Os Mello Souza começaram a debater o futuro do Brasil na sala, mas não ouvi mais nada. Estava devastada.

Fiquei dias processando a notícia que recebi. O acontecimento que eu mais esperava já havia ocorrido. Estavam todos na cidade empenhados na guerra pelo império brasileiro. Feliciano inclusive foi recrutado.

Enquanto isso algo muito grave também acontecia no sobrado e eu só soube depois do que assisti.

O GOLPE

Acordamos com Carlos aos berros, acusando Thereza por ter roubado ele. Fez uma cena danada, mandou chamar todo mundo e deu chilique quando Miss Grace disse que Thereza nunca faria ou fez algo do tipo. E quando eu me meti no assunto, foi Sinhá Belatrix que me mandou calar a boca porque eu era uma intrusa na casa. Thereza negou tudo, mas não a deixaram falar. E ela sabia exatamente o motivo daquilo. A verdade é que sinhozinho Carlos agia por vingança em resposta a uma atitude tomada por Thereza na noite anterior que eu só fui saber depois, quando Adelaide me explicou.

No meio da bagunça que estava o sobrado, Sinhô Carlos aproveitou a ausência de Feliciano para assediar Thereza. Começou com olhares, depois com toques distraídos em seu corpo, avançando para encurraladas nos corredores da casa. Thereza conseguia fugir todas as vezes sem causar escândalos. Até que Sinhô Carlos mandou Thereza ir ao quarto dele uma noite e ela não foi. Ele dormiu sozinho com sua raiva de macho contrariado. Por isso, no outro dia, amanheceu furioso e inventou essa história de roubo para se vingar dela. Tenho certeza que todos os Mello Souza sabiam que Carlos mentia, estava na cara. Mas, mesmo assim, foi como se só a versão dele valesse, por ser o "sinhozinho" do Brasil. Depois mandaram Miss Grace, Adelaide, Rita e eu sair da sala para resolverem entre eles o que iriam fazer com Thereza. Não sei exatamente o que decidiram, mas o tal sinhozinho Carlos não se deu por satisfeito, isso tenho certeza. Ele tinha raiva e ódio demais, era tão inseguro em sua autoridade que qualquer desafio contra ele era jogar fogo num barril de pólvora. Se sentiu humilhado em seu poder. Por isso, ainda queria vingança.

Depois de um tempo Thereza desceu para o alojamento e Adelaide a acolheu com ajuda de Rita. Eu fui atrás sem saber o deveria fazer, como ajudar. Quando cheguei na entrada do porão, Rita me pediu para sair.

– Agora não, Maíra. Deixa Thereza em paz!

Saí inconformada para o pátio e fiquei feito uma ameba, embaixo do sol quente daquela manhã terrível. Não havia limite para aquelas pessoas dessa sociedade que é o país em que eu nasci. Sou parte desse horror e não tinha mais como fugir dessa constatação.

Até então eu só queria que tudo passasse, esperava o tal grito do Ipiranga acontecer achando que ia conseguir voltar pro futuro, pra casa, pro meu lugar sossegado e protegido. Mas, de repente, tudo isso ficou fora do lugar, a independência do Brasil já havia sido proclamada e eu não fazia a menor diferença, nenhum caminho de volta se abriu. E também esse lugar que eu queria estar, esse lugar protegido sem ter que lidar com questões tão confusas não parecia ser mais possível de existir. Ele nunca existiu. O que existia era minha recusa em enxergar, porque significava dar o braço a torcer sobre minhas certezas. Eu não tinha mais como fugir. Fiquei perdida de verdade, entre passado e futuro. Senti que havia uma linha que ligava os dois tempos, e essa linha era a cegueira proposital. Percebi que não tem nenhum lugar no passado, no presente ou no futuro em que essa situação de ser branca não exista. É só querer ver.

Logo depois desse dia, Miss Grace e sinhazinha Emília viajaram para a fazenda de Engenho. Sinhá Alda usou a desculpa de que faria bem para a menina estar longe da cidade que estava muito perigosa com as brigas políticas. No entanto, ela havia arquitetado um plano que seria mais fácil de colocar em ação sem a presença de Miss Grace no sobrado. Apesar da ausência das duas, a casa continuava caótica com tanta gente junto e com tudo que vinha acontecendo.

Eu me recuperava do choque de descobrir que o grito do piranga não era minha salvação, como não foi para a maioria da população brasileira, senão parte da elite branca. O grito também não era um acontecimento crucial para a independência do Brasil, ninguém naquele tempo nem ao menos sabia algo sobre esse episódio. O que houve em São Paulo, nas margens do rio, foi apenas uma parte ínfima de um todo muito maior. #totalmente irrelevante. E descobrir isso não me levou de volta para o século XXI. Logo, a história segue aqui.

Miguel Jorge e os outros homens da política estavam a mil por hora articulando formas de enfrentar a retaliação portuguesa e as províncias que não aderiram à emancipação. Já o outro filho, Carlos, remoía a raiva da rejeição de Thereza e projetava mais um golpe contra a menina, agora com a parceria da Bellatrix Brasileira.

Soubemos disso pela boca de Sinhá Alda, que da sala de estar gritou por Thereza e disse sem meias palavras, enquanto fazia um bordado:

– A partir de hoje você não servirá mais como doméstica, irá para a rua trabalhar e só voltará para me trazer o dinheiro que receber. Está proibida de adentrar nossa casa.

– Sim, senhora – respondeu Thereza, talvez feliz por agora ser ir para o ganho e ter a chance de trabalhar bastante para juntar um dinheiro extra e assim comprar sua alforria, como sempre desejou.

– Contudo, Sinhô Carlos exigiu que você trabalhe como mulher pública. Com o dinheiro que ganhar nessa função que é muito bem paga, poderá ressarcir o que foi roubado dele mais rápido.

Nesse momento Thereza trincou os dentes e arregalou os olhos de raiva, achei que ia partir para cima da sinhá.

– Não serei prostituta, não podem me obrigar.

– Você não tem de querer. É minha propriedade e faz o que eu mandar. Devia me agradecer por não te dar um destino pior, depois de roubar o patrão. Já está tudo arranjado com Timóteo, dono de um prostíbulo na Rua das Belas Noites. Juarez que não sai de lá estará sempre em vigília para que cumpra sua tarefa.

– Não roubei, você sabe que não – disse Thereza com firmeza, encarando com ódio à Bellatrix.

– Não discuta comigo e não me olhe nos olhos. Desça imediatamente para o porão e fique por lá. Mandei chamar o Juarez pra ficar junto, se atrever alguma gracinha será pior pra você.

Adelaide puxou Thereza pelas mãos, impedindo que ela atacasse a sinhá. Thereza se deixou levar, mas nos passos havia o peso do ódio.

Nesse instante, Sinhá Alda dirige-se a mim e impõe outra resolução tomada entre aqueles monstros.

– Miss Maíra, como você pode perceber, estamos atravessando um momento difícil por aqui e não podemos mais te acolher. Desocupe o espaço do quarto que lhe foi cedido para que possamos abrigar com conforto nossa família.

– Com prazer – respondi em tom proposital de deboche, fazendo Bellatrix ficar vermelha de raiva.

– Ora veja, mal deixou a nossa casa e já mostra a sua verdadeira personalidade. Saiba que nunca me enganou. Te aceitei aqui em retribuição à dedicação de sua Tia. Mas você é uma mal-educada e sem nada para acrescentar a Emília. Pelo contrário, você é um péssimo exemplo, uma vadia qualquer. Pensa que não sei que se mete no porão junto com os escravos? Seduz meu enteado para tirar proveito dele? Saia imediatamente! Quem sabe não acompanha Thereza na rua das Belas Noites, deve-lhe render algum dinheiro esses seus olhos verdes, o único bem que você possui.

– Você é nojenta! Isso que você é. Cafona, horrorosa e sem amor, as pessoas correm de você. Uma inútil que não faz nada, só suga, sua vida é desprezível. Tudo em sua volta fede e é tenebroso, igual a você. Ainda por cima fica mendigando o amor do próprio enteado. Você não tem moral nenhuma.

– Saia daqui agora, sua inglesinha fajuta.

Me virei e saí descendo as escadas o mais rápido que pude, com as pernas bambas, assustada com minha própria atitude. Não me despedi de Thereza nem de ninguém, tomei o rumo das ruas, sem direção certa.

O sol escaldante me deixou ainda mais zonza. Precisava pensar rápido sobre o que fazer e para onde ir. Quando a raiva foi cedendo lugar para a razão, percebi o quanto havia sido egoísta mais uma vez. Aquele tempo todo em 1822 e não tinha aprendido nada? Me livrei daquele sobrado, mas deixei Thereza, sem ao menos pensar se poderia ajudar de alguma forma. Eu me igualava a sinhá Alda, Miss Grace e todos os outros brancos mesmo, pensando apenas em mim em primeiro lugar.

Atravessei as ruas que estavam muito mais vazias que o comum por conta das brigas entre brasileiros e portugueses. Decidi que era melhor procurar Carolina para pedir ajuda.

Caminhei rapidamente para a casa da holandesa, já com intimidade ao percurso que fiz tantas vezes acompanhando Miss Grace. Enquanto ia para lá, me perguntei porque não tinha feito isso antes. Porque não pedi logo moradia na casa de Carolina em troca de qualquer favor. A rotina do sobrado de sinhá me fez estúpida ou a ideia de que as coisas se resolveriam sozinhas me acomodaram? Aceitei a casa e a comida daquela gente e não movi uma palha. Participei dos acontecimentos violentíssimos daquela casa sem tomar posição, esperando o momento em que tudo se revelaria passado, distante, memória de um pesadelo para seguir minha vida como se nada tivesse acontecido. Agora percebia como tudo era realidade. Apenas quando ficou óbvio não ser mais possível retomar para minha casa que eu juntei minhas forças. Só tomei uma atitude no momento que fiquei sem a certeza de ter de volta meu conforto garantido.

Cheguei na casa de Carolina e quem me recebeu foi Penha, ao ver como eu estava aflita me fez entrar e sentar, enquanto preparava um chá para ´acalmar os nervos´.

Contei tudo pra ela, desde o assédio de Sinhô Carlos e a mentira que inventou contra Thereza até o plano dele e de Sinhá Alda de obrigar Thereza a se prostituir e me expulsar da casa.

– Quanta desgraça junta! Essa gente é perversa, Maíra.

– E eu fiz o que, Penha? Fugi! – Joguei a culpa e o foco da questão nos meus ombros querendo conquistar piedade, coisa bem típica da branquitude.

– Fez bem em sair, não tinha como ficar lá, se foi expulsa.

– Mas e Thereza?

– Thereza sabe se cuidar bem.

– Eu deveria ter ficado para ajudar.

– Você seria mais um problema para ela ficando por lá e se intrometendo.

– Precisamos comprar a liberdade de Thereza, Penha.

– Comprar como, você tem esse dinheiro?

– Não. Mas e Carolina, não tem? Ela precisa fazer alguma coisa.

– Carolina é uma boa mulher, mas tem outras prioridades na vida dela.

– Como assim? Cadê ela, aliás?

– Está longe, embarcou para Europa há poucos dias.

– Pra Europa? Fazer o que? E quando retorna?

- Como eu disse, Carolina tem questões pessoais para resolver.

– Como, Penha? Ela foi embora e deixou tudo pra traz, não era toda preocupada com tudo aqui?

– A vida de Carolina diz respeito a ela apenas.

– Mas então como podemos ajudar Thereza?

– Se aquiete, menina. A situação de Thereza é a de muitos de nós, estamos todos tendo que lidar com muitas desgraças desde que nascemos. Não é de uma hora pra outra, num rompante que tudo se ajeita só porque você quer. Você precisa se acalmar e pensar com a cabeça.– Me jogou a real.

– Feliciano. – pensei alto.

– Que que tem ele?

– Ele precisa saber de tudo que está acontecendo. Ele sim se preocupa com Thereza e não vai deixar isso ficar assim.

Eu implorei tanto que Penha me explicou onde encontrar Feliciano que estava junto das tropas. Penha me orientou a ter cuidado ao contar as tramoias de Sinhá Alda e Sinhô Carlos para que não lhe instigasse ainda mais a raiva "que deixa as pessoas incapazes de agir com precisão".

Sem terminar o chá, larguei a xícara na mesa e deixei para trás Penha, também aflita com o que poderia acontecer. Não era a primeira vez que Penha presenciava situações como aquela e provavelmente não seria a última. Guiada por seus conselhos, que nortearam meu caminho e minhas palavras, fui ao encontro de Feliciano.

Logo que me viu, Feliciano já se mostrou aflito. Minha

presença ali indicava que algo ruim havia acontecido desde que deixou aquele ninho de cobras venenosas.

Contei tudo pra ele pensando nas palavras certas, da forma que Penha me ensinou. Feliciano ouviu pacientemente, o conselho de Penha fez com que pudéssemos ter alguma calma naquele momento urgente.

Ficamos em silêncio, observando o mar, as embarcações e o horizonte como se buscássemos no movimento das ondas o embalo de uma ideia que solucionasse imediatamente nossa aflição. E, aparentemente, foi o que aconteceu, pois Feliciano depois de alguns minutos me disse:

– Já sei o que faremos.

A FUGA

Era noite quando deixei a casa de Carolina. Penha havia me feito descansar na rede desde que voltei do encontro com Feliciano, mas a ansiedade não me deu um minuto de sossego. Encontrei Feliciano nas proximidades do Passeio Público. Seguiríamos para a loja do tal Timóteo, que de dia funcionava como taberna e a noite, como prostíbulo. Lá Feliciano colocaria em prática a ideia que teve para a fuga da Thereza. Ele fingiria ser um cliente do bordel e pagaria para ter um quarto só para Thereza e ele. Então, trancaria a porta e deixaria Thereza fugir pela janela para casa de Fayola. Na madrugada, eles se encontrariam e de lá iriam por uma trilha até um rio. Thereza, então, seguiria de barco até a região do Iguaçu, onde havia um quilombo e Feliciano retornaria para a cidade.

Enquanto eu descansava na casa de Carolina, Feliciano preparou tudo rapidamente com ajuda de Firmina: Avisou Fayola que arranjou um barco com remadores e o quilombo. Também organizou um grupo de capoeiras para o caso de precisar enfrentar a polícia. Minha presença não era bem-vinda e, só depois de muita insistência, Feliciano me permitiu ir junto e ficar observando de longe, apenas para ver se tudo ocorreria bem, caso contrário eu arranjaria um jeito de contatar Miss Grace ou mesmo sinhô Miguel Jorge, pedindo ajuda.

Chegamos na rua das Belas Noites, onde havia diversos prostíbulos e tabernas. Identificamos a loja de Timóteo. Enquanto eu fiquei parada do outro lado da rua, Feliciano foi para o prostíbulo.

Para surpresa de Feliciano, quando chegou ao local viu sinhô Carlos sentado em uma mesa. Com muito cuidado para não ser visto, Feliciano perguntou ao gigolô sobre a preta Thereza que acabava de chegar ao prostíbulo. Então, foi informado que ela estava reservada para o senhor Carlos de Mello Souza . O plano de Feliciano não tinha mais como funcionar. O maldito Sinhô Carlos era pior do que a gente imaginou. Desde o início, quando pediu para Sinhá Alda obrigar Thereza a se vender, era para que ele pudesse enfim violar a menina como queria aquela noite no sobrado e ela não deixou.

Feliciano saiu furioso de lá e veio ao meu encontro desesperado, não havíamos pensado em outra estratégia, não tínhamos plano b praquela situação inusitada. Ele estava aflito por saber que Thereza em breve poderia estar nas mãos do sinhô Carlos.

– Vou entrar lá e matar ele. Pronto.

– De jeito nenhum, Feliciano. Não vai dar certo! O Juarez ou o gigolô te entregam pra polícia ou te matam antes. Se isso acontecer Thereza não terá mais quem a ajude.

– Não posso ficar aqui parado.

– Temos que pensar, Feliciano, Não podemos chamar a polícia? Deve ser proibido um lugar como esse aqui. Nós chamamos a polícia, contamos do prostíbulo e ao menos por hoje, a situação estará resolvida.

– Como você é boba, Maíra. A polícia não só sabe desses lugares como cobra uma taxa para que funcionem. Eles fingem que nada acontece, desde que não tenha arruaça de pretos...

– Vamos provocar uma arruaça então.

– É isso que eu quero fazer, Maíra!

– Você não pode, Feliciano! Será preso. Deixa que eu vou lá.

– Você? Como?

– Você vai ver.

De supetão e sem nenhum planejamento entrei no local antes que Feliciano me impedisse.

Extremamente nervosa, fui ao balcão onde eram servidas bebidas e pedi uma garrafa de cachaça. O homem do outro lado me examinou de cima abaixo e para meu espanto, sem contestação me entregou uma garrafa cheia e um copo. Enchi o copo devagar enquanto pensava no que fazer. Procurei e não vi Sinhô Carlos nem Thereza no salão. Tinha que agir logo, ela já devia estar em algum quarto com aquele monstro, supus. Foi então que outro homem se aproximou:

– Aqui não, mocinha. Se quiser se vender terá que trabalhar para mim.

– O senhor está falando comigo? – respondi ameaçadoramente.

– Tem outra mulher aqui na minha frente? Quem vem aqui se vender é minha propriedade também.

Foi então que, sem pensar direito, e guiada pela urgência de agir peguei a garrafa e quebrei na mesa com força. Era uma tentativa idiota de que uma grande confusão se iniciasse e chamasse a atenção da polícia. Mas o homem não se exaltou muito, ficou me xingando e pegou com força meus braços me empurrando em direção à rua. Antes que ele me jogasse para fora, um berro atravessou todo o lugar, fazendo com que todos olhassem para o fundo escuro do salão. Era sinhô Carlos, com o rosto cheio de sangue.

– Aquela vadia me mordeu! arrancou um pedaço! Maldita! – Gritava o sinhozinho.

Foi tudo ao mesmo tempo e muito rápido: enquanto Carlos aparava o rosto mordido com as mãos, aos gritos, o homem que me empurrava fora soltou meus braços e se apressou para ajudá-lo. Feliciano surgiu veloz entrando no local decidido em resgatar a namorada. Thereza, nesse mesmo instante, saiu do quarto com a boca cheia de sangue, cuspiu no chão e correu para fora sem se dar conta da minha presença e de Feliciano.

Não sei de que forma a confusão se desenvolveu. Mas fato era que Thereza correu para a rua, enquanto eu estava na porta e Feliciano dentro, no meio de uma tremenda briga que já envolvia mais pessoas, garrafas e xingamentos. Deixei tudo pra trás e corri na mesma direção que Thereza para contar sobre nosso plano frustrado e falar pra ela ir pra casa da Fayola. Segui seu rastro instintivamente, já que a velocidade dela e a escuridão da noite não favoreciam que enxergasse nada além de meus pés, tropeçando no chão esburacado. Corri até não ter mais fôlego, até não ouvir nenhum barulho de briga, até me dar conta de que estava sozinha no meio do nada. Parei para me recuperar e respirar.

Depois de algum tempo, resolvi que o melhor a fazer era ir para a casa de Fayola, contar tudo e pedir socorro. Um pouco mais lenta e sem ter certeza sobre minha escolha, procurei o rumo da praia. Não sabia se era o caminho mais rápido, mas era o único que eu conhecia porque foi o jeito cheguei no local com Feliciano daquela vez.

Depois de um tempo andando na areia, avistei a rua. Sem precisão alguma, gastei algum tempo dando voltas na região, analisando os casebres de telhado de palha, com cuidado para não fazer barulhos, nem mesmo de minha respiração ofegante, até que de longe, ao pé do morro, reconheci a casa de Fayola.

Andei mais alguns metros e fui surpreendida por uma horda de guardas, acompanhados de sinhô Carlos. Deviam estar algum tempo me seguindo, de tocaia, para chegarem até

Thereza.

– O que faz uma moça branca nessa vila de mocambos? – Perguntou um dos policiais.

– Que bom que me acharam aqui. Estou perdida, não encontro o caminho de casa – respondi cinicamente.

– Você mente muito mal. Está escondendo Thereza. Diga logo onde está a preta fugida – ordenou sinhô Carlos.

– Não sei do que você está falando.

– Sabe bem. Está metida com pretos fugidos não é de hoje. É melhor você contar tudo logo, antes que o pior aconteça.

– Contar o que? Que o sinhô é um verme, um abusador?

– Isso não interessa ninguém. Diga-nos agora onde esconde Thereza, é aqui que se afugentam os fujões?

– Para de inventar loucuras... eu só quero ir pra casa.

– Comecem a revistar todos os mucambos – Ordenou um guarda.

Minhas desculpas e enrolação não funcionaram. Por influência de Sinhô Carlos os policiais acharam que Thereza estava escondida em alguma daquelas casas. Então começaram a arrombar todas as residências da vila.

Acompanhei tudo apavorada, torcendo para que nada de mal acontecesse com todas aquelas pessoas jogadas para fora de seus lares. A maioria foi presa por não ter documentações e mesmo as que tinham e sacudiam papeis em sua defesa não foram poupadas da violência policial. Havia crianças, idosos, mulheres no meio de tapas, pontapés e empurrões. Choro e gritaria. Não fazia a menor diferença para os policiais quem eram aquelas pessoas e suas histórias. Estremeci com a possibilidade do que poderia acontecer com aqueles moradores inocentes por minha culpa ao ter levado a polícia até lá.

No meio desse caos, apareceu Feliciano enfurecido e

gritando algo que não decifrei. Houve um instante suspenso em que todos pararam para tentar entender de onde vinha aquele berro. E o que vimos foi Feliciano acompanhado de um bando de capoeiras armados com paus e navalhas. Os guardas, assustados, recuaram um pouco e foram atacados um a um. E uma verdadeira luta começou.

No meio da briga entre guardas, capoeiras e moradores revoltados, fui saindo de mansinho para deixar o lugar despercebida e continuar procurando Thereza. Antes, olhei a casa de Fayola, para saber se ela estava bem e a vi de longe me acenando de um canto escuro de seu quintal. Aproveitei a dispersão geral e fui até ela.

– Maíra, por favor, vá por aquela mata ali. – E mostrou uma entrada nos fundos do terreno. – Siga pela clareira. Thereza está lá, machucada e precisa de ajuda para fugir daqui.

– Eu?

– Você é quem menos interessa aos policiais. Não querem prender uma branca. Siga discreta. Não faça besteira, não deixem que a sigam.

– Sim, senhora. Mas como vou encontrar a Thereza, tá tudo escuro pra lá.

– Ela vai te ver porque está atenta. Agora vá logo, leve isso junto. – Fayola me entregou uma sacola de pano e foi para a frente da casa para servir de escudo para mim. Antes de tomar o caminho, olhei atrás e pude ver a surra que os capoeiristas davam nos guardas. Vi também caído no chão sinhô Carlos. Tive certeza de ter visto ainda Juarez de pau na mão, ao lado do corpo de sinhô Carlos, rindo alto em comemoração à queda do patrãozinho.

Dessa vez, tive cuidado para que ninguém me visse. A confusão era muito grande e estavam todos metidos na briga, minha movimentação não atraía nenhum olhar. Atravessei pelo fundo do terreno que era muito maior do que eu imaginava. Não pude identificar a clareira, e me enfiei no mato alto e úmido, por entre árvores e plantas. Mais adiante um pouco ouvi:

– Maíra! Maíra! Por aqui.

Thereza estava na minha diagonal, um pouco adiantada na trilha da clareira que agora eu consegui desvendar. Arrastava uma das pernas.

– O que houve?

– Muita coisa, Maíra.

– Por que está mancando?

– Cortei o pé na fuga. Agora vamos, me ajuda aqui rápido. Precisamos seguir.

– Pra onde?

– Embrenhar o máximo possível. Vamos nos embrenhar na mata.

Sem mais conversa, fui amparando Thereza por uma clareira no meio da mata profunda. Os sons da cidade desapareceram atrás de nós, tudo era breu e silêncio.

– Thereza, não consigo ver mais nada.

– Nem eu, mas vamos seguir em frente.

– E qual é a frente?

– Não sei. A gente precisa achar a direção certa. Senão voltamos para cidade sem nos darmos conta.

– Não é melhor a gente ficar aqui até o dia amanhecer então?

– Não. É arriscado, ainda estamos muito perto.

Ficamos quietas, tentando encontrar a direção. De repente, alguma luz cruzou nossa vista, como um risco de fogo rasgando o espaço em dois.

– Você viu isso?

– Vi. Será que nos acharam?

Mais uma vez uma chama atravessou o escuro da noite desaparecendo em seguida bem diante de nossos olhos, sem que pudéssemos decifrar sua causa ou consequência. Era um facho cintilante correndo de um lado para o outro e sumindo na sequência. E, de novo, resplandeceu há alguns metros na nossa frente, seguindo depois em linha reta, deixando um rastro de luz e fumaça e foi possível ver uma trilha.

– Vamos seguir a fumaça disso, Maíra .

– Mas, Thereza, o que é isso? Seguir Isso o quê?

– Deve ser o “Coisa de Fogo”! Fayola me contou dele. Vive no mato e a luz ajuda os pretos que fogem a encontrar o caminho. Temos que aproveitar nossa sorte!

– Isso é sorte? Isso é filme de terror!

– Maíra, para com isso e confia em mim, não dá tempo de ter medo. Vamos seguir a luz e a fumaça.

– Esse coiso vai matar a gente.

– Não vai. Se ele parar perto da gente, é só ficar parada, com os olhos bem fechados. Vamos logo, é nossa salvação!

Seguimos a fumaça e o clarão, sempre mantendo uma boa distância do fantasma luminoso, que se mexia de maneira ondulada, como uma cobra gigante de fogo no ar. Embora fosse rápido, tinha uma cadência em seus movimentos e foi possível acertar o ritmo de nossos passos no percurso que o “coiso de fogo” revelava. Eu estava apavorada, com a garganta seca e o corpo molhado de medo, os olhos arregalados de espanto. Thereza vinha ao meu lado, com o braço suado colado no meu pescoço, abafando o gemido de dor pelo pé machucado e atenta aos movimentos do bicho de fogo.

De repente, a fogueira ambulante desapareceu totalmente, nos abandonando de novo na escuridão. E, então, ressurgiu do nada, na forma de um tronco gigante em chamas a um braço de distância de nós, ficando dessa vez parado.

– Fecha os olhos, Maíra! Não abra por nada! Não se mecha por nada também!

Apertei com força as pálpebras, finquei os pés no chão e segurei firme a cintura de Thereza para mantê-la equilibrada junto de mim. Ficamos imóveis por alguns minutos, enquanto o calor do fogo fazia ferver o sangue e a bochecha. A forte luminosidade avermelhava a pálpebra deixando quase transparente e possível de ver o formato de tronco incandescente mesmo de olhos fechados. Faíscas queimavam a gente. Então, de novo do nada, a claridade sumiu e senti um baita frio. Ficamos paradas por um longo tempo ainda com medo daquele fantasma de fogo voltar. Só quando tivemos certeza de que estávamos sozinhas é que abrimos os olhos. Sentamos no chão abraçadas e acho que apagamos de sono e cansaço.

A MATA

Despertamos com os raios do sol ainda fracos. Com todo cuidado, levantamos para identificar nossa localização na floresta.

– Parece que estamos fora de perigo – disse.

– Você é mesmo muito ingênua, Maíra. Estamos no meio da mata e eu acabo de fugir. Nunca mais estaremos fora de perigo. Quer dizer, eu né? Você nasceu fora de perigo – falou Thereza, aliviada assim como eu por estarmos vivas.

– Eu estive fora de perigo enquanto vivia em casa, com minha família, no século XXI. Desde que cheguei aqui me sinto em risco o tempo todo.

– Até parece... e lá vem você com essa história... Esse século XXI deve ser bom mesmo. Se você voltar pra lá, me leva junto? – brincou.

– Ai, Thereza, meu sonho. Se eu encontrar um jeito de voltar te levo junto comigo, sem dúvida. Será uma maravilha para nós duas! Muitas coisas são melhores no futuro... eu acho.

– Sabe, Maíra. Gosto de pensar que existe esse lugar que tanto fala, com tudo de bom e diferente. Contudo, já que estamos aqui juntas queria dizer uma coisa: pode ser que Miss Grace tenha razão ao dizer que tudo não passa de uma loucura da sua cabeça.

– Você acha isso?

– É mais possível do que acreditar que você viajou no tempo, né? Quando conta com tantos detalhes sobre esse lugar de onde veio, e quando recordo da sua roupa estranha logo que chegou, até fico na dúvida. Mas pensa comigo, se fico um pouco duvidosa de minha certeza, você também não deveria duvidar da sua? Quem pode confirmar que não veio em uma embarcação, bateu a cabeça e agora delira sobre tudo isso?

– Eu. Tenho certeza, nunca duvidei de mim.

– Esse é seu problema, e por isso você me irrita e cansa. É cheia de certeza e não ouve o que não quer. – Mais uma vez ela me fez lembrar Dayo e imaginei como deve ser cansativo repetir sempre as mesmas coisas para pessoas como eu.

– Não sei o que dizer. Pode até ser que eu seja louca, mas prefiro acreditar.

– Tá bom então, se ficar acreditando apenas no seu ponto de vista te faz bem...

– Não tenho muita opção, quero voltar pra casa, isso sim.- desconversei.

– Bom se você veio mesmo parar aqui por feitiço, deve ter um jeito de voltar...

– Não faço ideia do que aconteceu, nem porque aconteceu. Mas que foi uma mágica foi. Assim como o que passamos ontem à noite, havia mesmo uma cobra gigante de fogo em nossa frente e por pouco não morremos fritadas por ela.

– Que seja... Mas estamos perdendo nosso tempo com essa conversa. Precisamos dar um jeito de sair daqui.

– Tá certa, o que faremos agora?

– Boa pergunta. Estamos perdidas no meio da floresta, não podemos retornar pra casa de Fayola e também não temos condições de sobreviver sozinhas no meio da mata. Precisamos pensar. Tem quilombos escondidos, mas não sei como encontrar.

Então, lembrei do plano do Feliciano, do barco e do quilombo que ele tinha arranjado.

– Você não sabia, porque não tivemos tempo de te contar, mas Feliciano organizou sua fuga, Thereza. O plano não saiu do jeito que pensamos, mas talvez possamos retomar a partir daqui.

– Feliciano organizou a minha fuga? Como?

Expliquei com detalhes tudo o que aconteceu desde a minha saída repentina do sobrado ao ser expulsa por Sinhá Alda, o sumiço de Carolina, a ajuda de Penha e toda a estratégia desenhada por Feliciano.

– Acredito que Carolina e Miss Grace tenham se desentendido, por isso Carolina deve ter ido embora e Miss Grace para a fazenda de Engenho. Elas não te contaram, mas são namoradas.

– Miss Grace e Carolina? Uau! Não creio! Miss Grace parecia muito reprimida. Que engraçado. Agora que você me contou até que faz sentido, estavam juntas sempre que podiam. Eu super *shippo* as duas. Mas fiquei irritada por não estarem lá quando precisamos. Meio que cagaram pra tudo. Casal CaGrace, tudo a ver – falei rindo da junção dos nomes.

– Que besteira é essa Maíra? Vamos deixar as fofocas de lado, me fala do plano de Feliciano que é o que importa.

– Então, enquanto você estava tendo que lidar com tudo que aconteceu, Feliciano, Firmina e Fayola arranjaram uma rede de contatos pra te tirar da cidade e te levar pra um quilombo. Pode ser que ainda estejam te esperando em algum lugar, só precisamos saber onde é e como chegar até lá. A ideia era você se esconder na casa de Fayola e depois seguir com um barco por um rio até a região de Iguaçu, onde tem esse quilombo.

– Realmente era um bom plano. Pena que não deu certo.

– Não deu certo, porque sinhô Carlos estava mal-intencionado desde o início. Não imaginávamos que ele estaria no bordel para estar com você, ainda mais depois de tudo que aconteceu no sobrado...

– Mas era o que ele queria, Maíra. Me violar a qualquer custo.

– E o pior é que ele chegou antes... Quando Feliciano entrou no prostíbulo descobriu que o cretino do sinhô Carlos já estava lá... Feliciano ficou descontrolado de tanta raiva.

– Com razão.

– Mal pude acreditar quando vi sinhô Carlos aos prantos e você saindo do quarto cuspindo o sangue dele no chão, o que houve lá dentro?

– Prefiro não me lembrar, Maíra. Nunca mais quero falar sobre isso – disse Thereza num misto de raiva e tristeza e ficou um tempo quieta com seus pensamentos. Interrompi para continuar.

– E você foi pra casa de Fayola mesmo sem saber do nosso plano?

– Para onde mais eu iria depois de arrancar sangue de um sinhôzinho com os dentes? Corri por um atalho seguro, mas antes de conseguir a ajuda da Fayola a polícia chegou.

– Foi culpa minha. Eu não sabia o que fazer para ajudar e não consegui te alcançar depois que saiu correndo. Também não pensei que você estava indo para casa de Fayola, o que é bem óbvio pra mim agora. Então, fui atrás dela pra pedir ajuda, já que Feliciano estava no meio da briga... demorei tanto pra encontrar o caminho que deu tempo de sinhô Carlos e a polícia me seguirem sem eu perceber. Acabei levando a polícia para casa de Fayola.

– Caramba, Maíra. Eu não te disse para nunca voltar lá? Esse seu jeito intrometido é muito grave. Você não tem noção das coisas, não tem ideia do que passamos. Agora sabe-se lá o que acontecerá com Fayola, nossa casa e todo mundo que estava lá.

– Desculpa... nem sei o que dizer... Bom, pelo menos agora eu posso te ajudar com esse pé machucado. – Tentei aliviar meu lado, envergonhada.

– Mas se não tivesse ido até Fayola, ninguém me encontraria e nesse momento eu estaria sendo cuidado por ela e Feliciano e não estaria no meio da mata perdida com você.

– Sim... me desculpa.

– Agora de nada adianta desculpa ou culpa. Você tem essa mania também de ficar pedindo desculpas e fazendo besteira de novo. A gente precisa achar um jeito de chegar nesse rio e no quilombo que Feliciano ajeitou, é minha única chance. Estão me caçando e se me encontram nem sei. Sinhô Carlos me odeia mais que a própria vida dele.

– Acho que Juarez bateu nele. Quando olhei pra trás antes de ir te encontrar, estava Sinhô Carlos no chão e Juarez do lado dele comemorando com pau na mão.

– Juarez!? Não duvido. Pelo menos se deu conta de quem é o verdadeiro inimigo. Atacou com pau o verme, era muita raiva guardada mesmo... Mas chega de conversa, vamos.

– Pra onde?

– Precisamos encontrar alguma clareira ou trilha, muitos pretos fugiram por aqui, deve haver um caminho.

Olhamos em volta e era impossível distinguir qualquer caminho. A clareira que enxergamos na noite anterior parecia ter desaparecido ou ser apenas fruto de nossa imensa vontade de que ela existisse. Além do mais, fomos guiadas por aquela chama, o tal "Coiso de Fogo", que preferíamos não encontrar novamente. Estávamos por nossa conta e risco.

Thereza deu a ideia de seguirmos sempre em direção à posição em que o sol nasce, assim, não ficaríamos dando voltas em torno do mesmo lugar. Ela havia aprendido essa tática através das histórias que ouviu na casa de Fayola. Andaríamos de dia, em direção ao nascer do sol, até que ele se pusesse atrás de nós. Descasaríamos antes da noite chegar, evitando encontrar o "Coiso de Fogo" de novo e, com sorte, chegaríamos em algum lugar fora da floresta ou em algum rio que pudéssemos seguir. Na sacola que Fayola deu pra mim havia faca, água, farinha de mandioca e carne salgada para comer, com esses itens teríamos como nos alimentar e hidratar por algum tempo.

Não havia nada mais desconhecido para mim do que a floresta fechada. Tudo era mato, alto e úmido. Na maior parte do tempo caminhávamos pelas sombras que davam a sensação de que estava anoitecendo. Só às vezes a luz forte do sol entrava pelos espaços entre as árvores gigantes. Uma barulheira de animais avisava que a gente não estava sozinha e dava um medo danado de ser atacada por algum deles.

Seguimos com muita dificuldade por conta do machucado de Thereza e da mata fechada. Andamos dois dias em direção ao sol e dormimos em cima de árvores, morrendo de medo dos ruídos das pegadas noturnas.

No final do terceiro dia, já estávamos exaustas e sem energia. E, do alto de um morro, conseguimos ver uma clareira num pequeno vale abaixo. Thereza disse que provavelmente tinha um rio, porque tinha uma lacuna com pouco mato que seguia como uma linha até a perdemos de vista. Ficamos muita animadas com essa possibilidade que aumentava a chance de encontrar uma saída da floresta. Como o sol já desaparecia atrás de nós, decidimos segurar nossa ansiedade e esperar até o próximo dia, para seguir na direção correta. Mas, antes que isso acontecesse, fomos acordadas no escuro da noite por um forte cheiro de fumaça.

– Thereza, está sentindo esse cheiro?

– Estou, de fumaça... Onde tem fumaça, tem fogo.

– E o que poderia estar pegando fogo no meio da mata?

– Uma infinidade de coisas, a começar pelo Coiso. Mas se for mesmo, está longe porque aqui está tudo escuro e calmo.

– Credo Thereza, que medo. Não sei se prefiro que seja ele ou outra coisa. Tenho medo de saber que infinidade de coisas é essa.

– O melhor é a gente ficar quieta, Maíra. Daqui a pouco o sol nasce e seguimos em direção ao vale.

Esperamos acordadas o amanhecer. Não conversamos mais, Thereza como eu estava com medo da surpresa que aquele cheiro de fumaça – que continuou por toda a madrugada – nos traria.

O ENCONTRO

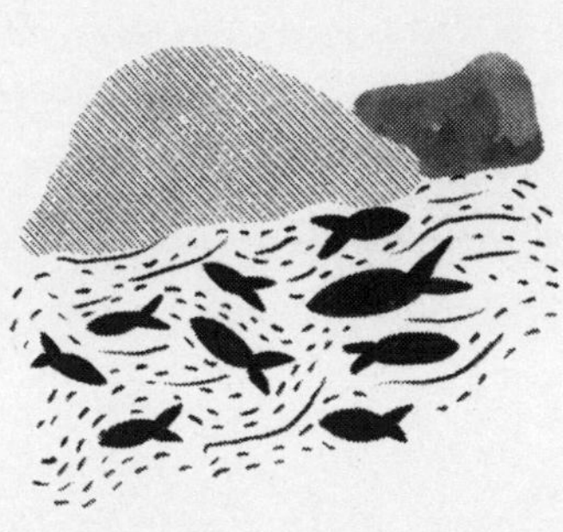

Esperamos a claridade do sol iluminar o céu ainda roxo até salpicar vermelho dourado em todas as direções, e descemos da árvore. Do alto da colina, observamos novamente o vale, traçamos o caminho visualmente e seguimos na expectativa de encontrar um rio. Não demorou muito e ainda com sol a pino, chegamos na parte de baixo. Como deduzido por Thereza, a longa linha que avistamos do alto era um rio mesmo. Doidas de sede e felizes pela conquista, mergulhamos na água. Gargalhamos feito crianças até doer a barriga, lembrei com saudades de Dayo.

– Aposto que você sabe pescar, Maíra.

– Nunca pesquei na vida.

– Nem eu.

– A gente precisa de isca, anzol e vara.

– Não tem nada disso aqui, só a vara que podemos usar galho pra fazer. Acho melhor a gente tentar catar com o vestido, tem peixe pra caramba aqui, se bobear pegamos com a mão mesmo.

– Com a fome que estou, como cru... Amo comida japonesa.

– Você, por favor, não comece com suas loucuras.

– Thereza, se comida japonesa for uma invenção da minha cabeça, eu sou uma gênia!

– Uma gênia que não sabe pescar.

Aliviadas pelo encontro com o rio, que seria nossa nova rota e fornecedor de água e comida, relaxamos um pouco esticadas numa pedra pegando o sol. Logo que o sol se pôs, o cheiro da fumaça voltou, dessa vez mais forte.

– Está sentindo de novo?

– Muito.

– Está perto. Melhor a gente se esconder logo.

Eu ia perguntar onde nos abrigaríamos para ficar perto do rio, mas não deu tempo.

– Para se esconderem bem, precisam saber do que se escondem. – A frase e a voz chegaram antes do corpo, mas não sei de onde o corpo daquela voz surgiu. Era uma senhora indígena, baixinha com longos cabelos grisalhos e coberta por um manto longo feito com penas de aves. Ela veio caminhando lenta em nossa direção.

– Do que estão se escondendo? – perguntou, como se tivesse participado de nossa conversa desde o início. Tinha um jeito calmo e mesmo tendo aparecido do nada no meio de uma floresta, não senti que precisava fugir. Nem Thereza que ficou parada e chocada, como eu. Sem ter nossa resposta, já que ainda estávamos surpresas com aquela presença, a senhora prosseguiu:

– Se pretendiam se esconder de mim é tarde, pois as encontrei. Se querem se esconder dos animais noturnos, precisam construir um abrigo melhor do que dormir em árvores e também acender uma fogueira. E, se desejam se esconder de Anhangá, não vão conseguir. Anhangá está em todo lugar. Mas podem distraí-lo: se ouvirem um assobio, é ele anunciando que vem, deixem carne para que se sirva e ele não as perturbará.

Era fácil compreender as palavras da senhora, mas não compreender exatamente o que queria dizer.

– Estamos procurando um caminho para sair da floresta – expliquei para não deixar ela falando sozinha.

– Fazem bem.

– A senhora mora por aqui?

– Vivo aqui.

– Pode nos ajudar?

– Posso ajuda-las a saírem da floresta, mas não posso ajuda-las a encontrar o caminho que procuram.

– Como sabe qual o caminho que a gente procura? Nós só queremos sair daqui, e não podemos voltar para a cidade.

– Uma quer chegar ao quilombo, a outra quer encontrar seu lugar na história.

Boquiabertas com o que sabia, nós somente concordamos com movimentos de cabeça.

– Já fez noite. Precisam se alimentar, descansar e curar a ferida no pé. Ficam comigo nesse tempo e na troca da lua, descerão o rio, eu indicarei o caminho quando for o momento.

– Muito obrigada, muito obrigada mesmo. Que sorte a nossa encontrar você no meio da floresta! – comemorei entusiasmada, afinal essa senhora era alguém que conhecia bem os segredos da mata pois, como ela mesma disse, vivia nela há muito tempo.

– Qual seu nome? – perguntei na expectativa de saber mais dela.

– Ceuci é como me chamam.

Seguimos Ceuci para o outro lado do rio por um tronco de árvore caído que ligava um canto mais estreito ao outro. Lembrei na hora de um filme que vi criança que tinha um final terrível: "Ponte para Terabítia" e torci pra ser diferente com a gente.

A casa da senhora ficava no meio da mata e era coberta de palha e estruturada com toras. Ela acendeu uma fogueira por baixo de bambus entrelaçados como uma grelha com um peixe que assou e nos serviu.

– E a gente com medo do cheiro da fumaça, hein, Thereza? Se soubéssemos o que nos aguardava... – comentei enquanto comia faminta.

– E quem ia adivinhar que encontraríamos uma casa assim no meio da mata? Ainda mais depois que quase morremos assadas por aquele fantasma de fogo.

– Boitatá espanta e ajuda. Ele as ajudou, se não fosse por ele estariam mortas e, se quisesse, ele mesmo as teria matado – comentou a anciã. Ela quase não falava, de vez em quando soltava algum enigma.

Após nos alimentar, ela se embrenhou na mata e retornou com folhas das quais fez uma mistura e esfregou no pé de Thereza. Depois levou ela para descansar em uma rede de palha entrelaçada. Thereza dormiu.

– A senhora vive aqui sozinha? – perguntei para puxar algum assunto.

– Não.

Essa resposta me fez tremer da cabeça aos pés, deu tanto medo que não perguntei com quem mais ela dividia aquele lugar. Continuei tentando bater-papo, ficar calada era muito difícil pra mim, como já devem ter percebido.

– Por que vive isolada aqui? A senhora não pertence a uma tribo?

– Estamos em guerra desde que os brancos chegaram em nossas terras com suas doenças.

Eu tinha a impressão que perguntava uma coisa e ela respondia outra.

– Ceuci, uma vez ouvi os homens comentando que os indígenas estavam sendo catequizados, mas que ganhavam em troca terra e trabalho, podiam ser livres por serem "negros da terra". É verdade?

– Desde que os brancos chegaram roubaram nossa terra e acabaram com nossa liberdade.

– Entendo... Afinal quem morava aqui antes eram

vocês, né? Mas pensei que vivessem em tribos, não assim sozinha como você...

– Minha tribo foi destruída. Forçaram um aldeamento para nos escravizar e aniquilar nosso passado e nosso futuro.

Agora parecia que ela ia me contar sua história de vida. Continuei perguntando:

– Por isso fugiu para cá?

– Não fugi.

A senhora não revelaria pra mim seus segredos, talvez a sabedoria implique em dizer menos sobre si, taí uma coisa que eu devia ter aprendido há muito tempo. Fiquei observando Ceuci nos dias que estivemos juntas. Ela passava quase o tempo todo na dela. Contemplava o ar, o rio, as árvores, assim como suas próprias ações. Por exemplo, antes de pegar lenha, ficava por instantes observado os galhos para só depois apanhá-los, fazia a mesma coisa com as folhas que curavam Thereza, o peixe antes de limpar, ou com um tronco na beira do rio antes de sentar e por aí vai.

Num final de tarde, percebi que Ceuci estava concentrada no canto melancólico de alguns pássaros que pareciam se despedir da luz do dia, perguntei que espécies eram aquelas, tentando uma conversa, mas ela me pediu silêncio:

– Cala-te e não nos impeça de ouvir as boas novas que nos enviam nossos avós; quando ouvimos essas aves nos sentimos com novas forças.

Obedeci e realmente parecia que as aves contavam segredos para ela.

Desde que fomos acolhidas na cabana, Thereza praticamente dormiu, acordava só para comer peixe e mandioca cozida.

Ficamos praticamente eu e Ceuci sozinhas o tempo todo. Em outro dia, tentando mais uma vez alguma conexão, disse-lhe:

– Meu nome é de origem indígena, sabia? Me chamo Maíra. Minha mãe escolheu o nome porque recebeu uma mensagem da tetravó dela num sonho.

Ela estava limpando um peixe, ao me ouvir, levantou a cabeça e ficou olhando o nada, como se tivesse parado o tempo e voltou a continuar o que fazia, sem me responder nada. Depois que terminou, Ceuci pendurou tripas e pele do peixe em um local mais adiante. Retornou, ajustou a fogueira e por fim, me disse:

– Você não é Maíra.

– Como assim? Não entendi. – me espantei.

– Maìra é como chamamos nosso caraíba maior, o primeiro de nós que desde sempre moramos aqui. Maìra ensinou aos nossos ancestrais tudo que sabemos: foi ele quem ensinou quais plantas poderíamos comer e quais faziam mal, foi quem roubou o fogo e nos ensinou a mantê-lo vivo para cozinhar e nos aquecer, foi quem nos instruiu a deixar arcos e abanadores para distrair o curupira, é por ele que sei manter Anhangá longe e trazer perto quando necessito...

– Nossa! Maíra é isso tudo? Não sabia... uma vez pesquisei na internet um dicionário de nomes e dizia que significa "branca estrangeira". Tá errado? Minha mãe com certeza não sabia de nada disso quando me deu esse nome. Maíra é um nome comum de onde venho, me desculpe se ofendi sua cultura. – Tentei aliviar a situação. Mas ela continuou, sem me dar atenção.

– Você não é Maíra, mas Maíra habita você. Seu nome carrega a contradição de seu mundo, de seu tempo. O roubo de nossa cultura sem compreendê-la e a nossa força em não nos deixar aniquilar. Maìra é criação e transformação. E, mesmo de onde você vem, de tão longe, e, apesar de tudo que fazem pra nos exterminar, Maìra está entre vocês... mas ainda não sabem, não tem capacidade de entender seus ensinamentos. Você me traz notícia do tempo em que os costumes brancos acreditam estar vencendo essa guerra. Mas a guerra não acabou e agora pedem socorro a nós para salvá-los de todo mal que fizeram. Seu mundo está quente, está doente, está com febre. Vocês comem a terra e não lhe dão de comer, pensam que não são a mesma coisa... Maìra se espalhou por dentro do corpo de vocês. A reposta do que buscam está em Maìra que persiste dentro de vocês. A avó de sua mãe veio em sonho para dar esse recado. Sua mãe não entendeu, usou o nome de forma errada.

Eu não soube como dar continuidade ao assunto, mais uma vez, eu era ignorante sobre as causas e as consequências que compunham meu mundo de branca. Guardei em mim a complexidade de ter esse nome que significava não saber nada sobre os povos originários e ainda por cima usar o conhecimento deles de um jeito errado.

Depois que voltei ao nosso século, quis pesquisar melhor e entendi um pouco o que Ceuci tentou me dizer sobre Maíra. Esse nome se refere à criação do mundo na visão de vários povos originários brasileiros. Só que um francês missionário que esteve aqui no século XVI não entendeu o que os indígenas lhe ensinavam. Então traduziu em seu diário “Maíra”, o caraíba maior, o ancestral mais poderoso, como se os indígenas tivessem falando dos brancos europeus e “salvadores” da terra “recém achada”. Daí chegou nesse lugar bizarro de associar Maíra como “branco ou branca, francês, estrangeiro”. Mais uma vez os brancos se querendo como superiores e salvadores e se enfiando no centro de tudo.

Passamos algumas noites com a anciã e toda vez que acordávamos, ela já não estava nos arredores, aparecia apenas no pôr do sol, quando trazia peixe, mandioca, ervas, cuidava do machucado de Thereza e acendia fogueira. Aprendi nesses dias a ser mais calada, gastando o tempo com meus pensamentos. Experimentei um sentimento de conexão com o chão, que agora pisava com os pés descalços. Ceuci dizia que não devemos pisotear a terra com calçados que a machucam... Era algo inédito para mim que até então considerava a natureza, a falta de comunicação e do que fazer, entediantes.

A ferida de Thereza havia desaparecido, mas ela continuava dormindo muito. Percebi que, algumas vezes, Ceuci conversava com ela sem me dar espaço para participar. Respeitei a privacidade das duas pensando que fazia parte do processo de cura da ferida nos pés. Mas hoje em dia acho que não era isso.

Numa tarde, a anciã apareceu para nos informar que Jaci, a lua, começava a minguar:

– Jaci está cansada de ser cheia, está na hora de partirem. As águas do rio seguem o humor de Jaci e como ela ainda empresta luz antes de se esconder de vez, poderão enxergar o caminho.

Partimos então pela margem do Rio, na direção oposta ao desague no mar, seguindo as instruções de Ceuci que nos garantiu que em "dois sóis" alcançaríamos o quilombo.

O QUILOMBO

Fizemos o caminho em silêncio. Falávamos apenas o necessário, cada com seu próprio conflito interno após aquele encontro com Ceuci. Antes de anoitecer, uma canoa com dois remadores nos interceptou avisando de longe que eram amigos e que não precisávamos ter medo. Aguardamos receosas a canoa se aproximar.

– Ainda bem que estão vivas, já estávamos desistindo da busca. – Falou um homem negro de pele marrom escura, alto, com braços muito fortes e com um chapéu velho de palha e abas largas na cabeça.

– Quem são vocês?

– Sou Manoel e esse é o caboclo Gonçalo, somos amigos de Fayola, viemos resgatá-las. – Assim como Manoel, Gonçalo tinha braços fortes de remar, a pele morena queimada de sol e cabelos lisos e semi longos, mas não falou nada além de um "Olá".

Desconfiadas não entramos na canoa.

– Podem confiar em nós. Estamos há mais de dez dias procurando vocês. Fayola avisou que, além de uma preta chamada Thereza, encontraríamos uma branca junto, viemos para levá-las até o Quilombo de Iguaçu. Já aguardam vocês lá. Estão bem perto e serão bem recebidas.

Tranquilizadas por essas referências que ele deu, embarcamos rumo ao quilombo, remando contra a correnteza.

Manoel contou todo o trabalho que tiveram para nos achar desde o dia que nos embrenhamos na mata. Fayola já havia tratado com ele de ficar à espera de Thereza no leito do rio. Mas, como não apareceu, ele retornou ao quilombo supondo que a fuga tinha dado errado. Lá foi avisado que estávamos as duas embrenhadas na mata.

– Duvidamos que duas moças conseguiriam ficar tanto tempo na floresta. Mas Fayola mandou recado para que continuássemos percorrendo os rios Iguaçu e Sarapuí, tinha certeza que vocês encontrariam o caminho.

– Fayola nos preparou comida e água pra trazer. E depois de tantas histórias de fuga bem-sucedidas nas conversas que ouvi, segui os conselhos.

– E também teve o encontro com Ceuci, sem ela não sei como teria sido, talvez seguíssemos a direção da correnteza do rio e íamos acabar no mar.

Gonçalo que até o momento não havia falado quase nada, ficou interessado no papo sobre a anciã.

Quando contamos os detalhes do encontro com Ceuci, Gonçalo ficou passado. Para ele, nós duas havíamos conhecido a mãe de Jurupari.

– Jurupari é filho do Sol e tem por missão encontrar uma mulher perfeita para casar com seu pai, que exige três virtudes para a escolhida: que seja paciente, que guarde segredos e que não seja curiosa. Como nenhuma mulher, nem mesmo sua mãe Ceuci, consegue reunir essas três qualidades, ele continua até hoje procurando uma esposa para o sol. E também transformou a mãe dele em pedra, porque ela tentou espiar os segredos que ele contava apenas para os homens e foi castigada.

– A Ceuci que conhecemos não tinha nada de pedra. Era uma mulher muito sábia de carne e osso que curou a ferida de Thereza, deu casa e comida pra gente e depois indicou o caminho certo para o quilombo.

– Talvez ela tenha se transformado em gente pra ajudar vocês. Foi sorte.

Lembrei do aparecimento repentino de Ceuci quando Thereza e eu estávamos na pedra. Das saídas misteriosas antes da gente acordar e seu retorno apenas ao pôr do sol. Será que durante o dia, quando estava Sol – pai de Jurupari – vigiando, ela assumia a forma de pedra? Tanto faz ela ser uma entidade ou uma anciã da mata, me sinto honrada por ter conhecido a Ceuci.

O Quilombo Iguaçu ficava no Recôncavo da Guanabara, que nos tempos de hoje conhecemos como baixada fluminense. Estava escondido nas margens do rio Iguaçu, junto às freguesias de Nossa Senhora do Pilar e Santo Antônio de Jacutinga.

Navegamos pelo rio durante poucas horas de lua minguante, sem ninguém ver. Manoel explicou que de noite era vazio, mas de dia o rio era muito movimentado com diversas embarcações que levavam a produção agrícola da região para ser vendida no Rio de Janeiro. Manoel era um escravizado de ganho remador, que transportava mercadorias da região para os comerciantes do centro, por isso podia fazer o trajeto. Mas, como transportava uma escravizada fugida, estava super atento, mesmo no vazio noturno.

Viramos à direita para um riacho com muito mato em volta. Paramos em um mangue, puxamos a canoa com cordas para esconder no mato, e seguimos pelo pântano. Mais adiante, Gonçalo fez um assovio em código para avisar ao vigia entocado que não tinha perigo, pois quem se aproximava era gente que iria se aquilombar.

– Essa é Thereza e sua amiga que estávamos aguardando, não fomos seguidos, podem ir – disse Manoel para depois se despedir de nós. Precisava retornar rápido à cidade, àquela hora da noite não era permitida circulação de escravizados nas ruas.

Continuamos o trajeto com Joaquim, o vigia que também era indígena, e Gonçalo pelo mangue. Foi cansativo, nossas pernas afundavam na lama até o joelho e muitas vezes tivemos que pegar trilhas paralelas para desviar de uns espinhos feitos com madeiras ou pedaços bambu envenenados. Havia muitas armadilhas para a polícia ou capitães do mato não descobrirem onde ficava o quilombo.

A localização de acesso difícil garantia aos quilombolas tempo suficiente para fugirem, caso houvesse alguma invasão de tropas que quase sempre abandonam as buscas, cansadas.

Finalmente, chegamos ao Quilombo Iguaçu, que era em um vale, cercado por montanhas e com uma espécie de muro de barro e bambus afiados como proteção. Dentro desse cercado, havia várias casinhas que abrigavam centenas de pessoas de todas as idades.

Fomos recebidas com muita alegria e comemoração. Improvisaram uma festa, comemos muito e dançamos alegres com todos os moradores daquele lugar. Foi um "ufa" gigante!

A autoridade maior do Quilombo era Augusta, uma senhora muito idosa, que já descansava e só conhecemos no dia seguinte. Ficamos em um mucambo preparado para nos receber, dormimos cansadas e satisfeitas com a vitória de nossa jornada.

Passamos muitos dias no Quilombo de Iguaçu, uma comunidade rural, com divisão do trabalho para plantar, colher, cozinhar, tomar conta das criações, cuidar das crianças e cortar lenha no mangue, que era vendida para os taberneiros do Rio de Janeiro e transportadas pelos remadores. Toda a produção do local era compartilhada, todos os alimentos e produtos eram divididos. Existia uma rede de contatos que envolvia tanto os aquilombados como pessoas de fora do quilombo: comerciantes, taberneiros, escravizados das plantações vizinhas, remadores, lavradores locais, caixeiros viajantes, negros livres e escravizados das áreas urbanas, fazendeiros e até mesmo algumas autoridades locais que faziam vista grossa para toda transação. A lenha adquirida no mangue era muito lucrativa e muito utilizada na cidade, pois não havia gás nem rede elétrica. Todo o excedente da produção, que é tudo que não é utilizado, era trocado com a vizinhança por produtos que não tinham no quilombo. Basicamente algodão e ferro, pois havia de tudo no lugar, até moinhos e engenhos.

Augusta conduzia o quilombo com muita firmeza, era a pessoa mais antiga do local e, por isso, todos a respeitavam. Acolheu-me mesmo eu sendo branca. Também havia alguns outros brancos que viviam lá por opção, assim como muitos indígenas que fugiram do aldeamento. Augusta explicou que os quilombos nas matas foram inventados com a ajuda dos povos originários, que já viviam nessas terras há muito tempo e compartilharam com os negros o que sabiam sobre os vales, as trilhas, os alimentos, a mata, as ervas, as águas e as pedras.

Era tudo encantador por lá. E aconteceu uma coisa muito bonita logo no dia seguinte ao que chegamos.

Pela manhã, Augusta pediu um encontro a sós comigo e com Thereza, para ouvir nossa história e nos instruir sobre as regras do Quilombo. Quando viu Thereza, ela se emocionou ao reconhecer nela a filha de Luzia.

– Sua mãe, assim como você foi uma grande guerreira, Thereza.

– A senhora conheceu minha mãe? – surpreendeu-se Thereza, assim como eu.

– Muitos conhecem sua mãe. E eu tinha esperança de te encontrar um dia. Fico feliz que tenha chegado, sabia que você encontraria seu caminho. Vou lhe contar o que quiseram te esconder: Sua mãe chegou ao Brasil num tumbeiro muito nova e batizaram ela como Luzia. Foi comprada por um homem horrível para trabalhar em uma fazenda não muito longe daqui. Era indomável e mesmo escravizada, nunca aceitou servir ao senhor. Promoveu muitas revoltas na senzala. Morou sozinha na mata por um tempo, depois de uma fuga, até ser recapturada por um capitão do mato. Quando retornou à fazenda conheceu Aloizio, um angola magrinho recém traficado. A beleza e delicadeza de Aloizio fizeram Luzia cair de paixão. Ele, por sua vez se apaixonou pela mulher de personalidade forte. Por conta da paixão, Luzia ficou pensando em um jeito de sair daquela situação, mas que incluísse todo mundo que tinha o trabalho explorado. Então ela e Aloizio organizaram outro tipo de revolta com outros pretos da senzala. Eles fugiram para a mata com todas as ferramentas de trabalho, porque assim a fazenda não tinha como produzir nada, e fizeram um monte de exigência para voltar: dias de folga, tempo contado de trabalho, uma parte da terra para produção própria, além da liberdade para cantar, brincar e realizar cultos. O senhor de engenho fingiu aceitar tudo que pediam como condição, porque estava encurralado. Mas era mentira, e quando todos retornaram ele ficou ainda mais violento, para não dar espaço para motins. Mesmo assim ela não parou. Estava pejada de Aloizio para felicidade dele e desespero dela. Não queria parir uma criança de seu ventre para servir aos brancos escravizadores. Como já se comunicava melhor em português e mantinha contatos com outros cativos da região, buscou um lugar seguro para onde pudesse fugir e cuidar do bebê. Foi assim que a gente a conheceu. Durante toda a gravidez fez muitas saídas rápidas para vir aqui e organizar com nosso apoio outra fuga da senzala. Dessa vez com um

quilombo já bem estabelecido. Aloizio temia pela sua vida e de sua mãe. Mas Luzia o convenceu ser a única maneira de serem livres. Porém, no dia marcado para o plano entrar em ação, a articulação foi descoberta. O senhor e o feitor cercaram a senzala com apoio dos capangas das fazendas vizinhas e impediram a fuga. Depois, por saberem que sua mãe e seu pai eram os principais líderes de todas as revoltas e que não parariam, enviou os dois para a polícia da corte. Eles eram considerados perigosos demais para a fazenda. Por toda o histórico de luta deles, acabaram sendo confinados nos navios que ficam atracados no mar e servem de prisão para pretos. Desde então, nunca mais tivemos notícias deles. Antes de partir para a prisão, Luzia te deu à luz e você ficou aos cuidados das amigas dela na senzala. Você tinha apenas alguns dias de vida quando viu sua mãe pela última vez. Mas foi criada com muito amor até os quatro anos pelas pretas da senzala. Logo que começou a crescer, o senhor quis se livrar de você, percebendo que carregava em seu sangue a rebeldia de sua mãe. Ele tinha medo que você, ao descobrir toda história, sentisse o poder de seus ancestrais e vingasse eles. Mas seu destino está traçado, Thereza. Você é uma guerreira da liberdade e agora está aqui, como era o desejo da sua mãe.

Ouvi a história de Luzia, com o coração apertado. Afastaram Thereza da própria história, tudo pra tentar apagar a luta e o amor que lhe deram vida. Essas tantas revoltas como a da Luzia e Aloizio não estão nos livros da escola. Até hoje são apagadas, para que as pessoas brancas pensem que não existiu, para negar a participação histórica das pessoas negras. Lembrei daquele papo do Ed sobre a verdade ter vários lados e que conhecemos apenas uma versão. É como o pênalti roubado do jogo que imaginei para entender o que o professor queria dizer. Contudo não se trata de um simples jogo de futebol, mas de uma disputa política. Os brancos ganharam, mas não contam como fizeram para ganhar, e não é à toa, não contam porque não foi uma luta justa. Como ainda não é. Mataram, prenderam, escravizaram, aniquilaram, apagaram os outros jogadores.

A emoção tomou Thereza de uma forma que nunca vi. Ela chorou por saber da luta infinita da mãe e do pai. Foi acolhida por um abraço quente de Augusta que lhe disse:

– Thereza, agora você conhece sua origem. Você é guardiã da memória de duas pessoas que se amaram e que lutaram pela liberdade.

A ENCRUZILHADA

Eu estava feliz e aliviada por ter deixado para trás o sobrado com aquela gente. Mas, mesmo tendo sido bem recebida no quilombo, eu sentia falta de casa. Ainda tinha esperança de conseguir retornar ao meu tempo, e pressentia que o caminho não seria no quilombo. Enquanto os dias iam passando eu fazia minhas tarefas, ajudava a alimentar os animais, a plantar e cuidava das crianças pequenas.

Thereza continuava na dela. Sentia muito enjoo e vomitava parte do que comia. Dormia muito e não se animava tanto com as festas. Era cuidada por Augusta e outras mulheres. Havia algo acontecendo em seu corpo, que ela parecia saber e as mulheres que cuidavam dela também. Mas ela não conversava sobre isso comigo, mesmo eu insistindo algumas vezes. Passava seu tempo livre deitada, confeccionado uma boneca de tecido preto e recheada com retalhos que ia acumulando aos poucos. Eu achei que era saudade de Feliciano, e tentava animá-la, dizendo que, em breve, ele também daria um jeito ir para o quilombo, mas não sei se Thereza acreditava nessa possibilidade. E, infelizmente, ela estava certa.

Manoel remador que ia e vinha sempre pelo rio, trouxe a notícia da cidade:

– Thereza, Fayola me pediu para contar o que aconteceu com Feliciano.

– Por favor, desembuche logo! – pediu aflita.

– Então, naquela briga entre os capoeiras e os guardas a sua procura na casa de Fayola, o tal sinhozinho que queria te fazer ruindade morreu, e botaram a culpa em Feliciano.

– Sinhozinho Carlos morreu, é isso? E Feliciano??

Prenderam Feliciano?

– Não prenderam, porque o cabra foi esperto e conseguiu fugir pra Bahia.

– Então Feliciano tá na Bahia? Fazendo o que lá?

– Fayola descobriu que Feliciano se uniu com um grupo de pretos e índios para lutar contra os soldados portugueses. É lá que acontece a maior guerra pela independência do Brasil. Ele se juntou com esse grupo, liderado por uma mulher negra chamada Maria Filipa. Eles queimaram as embarcações e parece que estão usando folha de cansanção que é uma planta que queima, como arma para machucar os inimigos. Mas até agora só sabemos isso.

– Por que Feliciano não fugiu para cá?

– Ele não pode mais voltar pra cá, Thereza. Está sendo culpado pela morte do tal sinhozinho. Estão todos com sangue nos olhos atrás dele. Está sendo procurado pelos quatro cantos da cidade e redondezas. Ele não pode voltar pras bandas de cá mesmo. Fayola diz que a esperança dele é que com Brasil independente acaba essa coisa de escravizar. Daí ele tem alguma chance de voltar. Por isso tá lá, lutando contra os portugueses.

– Quer dizer que nunca mais verei Feliciano?

– Isso a gente não sabe, né? Tem muita coisa pra acontecer ainda. Fayola disse que ele foi pra lá e que vai lutar até o fim pela liberdade do Brasil, pra ele conseguir a liberdade da nossa gente também. Quem sabe dá certo?

- Vocês acreditam mesmo nisso?

...

Thereza perguntou, mas ninguém respondeu.

Me senti péssima. Feliciano tinha ido pra Bahia, sozinho, para lutar pela independência do Brasil. Eu sabia desde o início que não valia a pena e não falei nada pra ele. Pior ainda, pedi pra Miguel Jorge recrutar ele, sabendo que não ia ter nenhuma carta de alforria. Miguel Jorge disse que essa não era a prioridade e não contei pro Feliciano, porque só pensava em voltar pra minha casa, pensava em mim primeiro, como todos os brancos dessa história.

Thereza não chorou, recolheu a raiva como costumava fazer e se retirou, sozinha, para a rede, não quis falar com ninguém. No momento da vida que descobriu seu passado, Thereza tinha que adiar o futuro tão desejado ao lado de Feliciano.

Passou mais tempo com a boneca em sua rede, dormindo e acordando para as tarefas básicas. Até que um dia, me procurou para dizer que havia tomado uma decisão.

– Conversei com Augusta e pedi uma missão, que agora devo cumprir, Maíra.

– Uma missão?

– Sim. Como sabe, o Brasil não é mais colônia de Portugal, mas isso não mudou nossa condição de cativos. Coisa que não é digna nem justa para nosso povo. E eu tenho o dever de lutar pela liberdade de todos nós.

– E como fará isso?!?

– Não farei sozinha e não serei eu que começarei essa luta. Há um grupo de pretos organizado que luta pela abolição da escravidão, já faz tempo. Eu me juntarei a eles. Um Partido Negro. Somente os pretos vão lutar pelo fim desse sistema. Sem a nossa luta e sem nossa força coletiva, as coisas não vão mudar nunca.

– Concordo com o que diz. Mas, me ouça, por favor. Ouça com carinho... Eu não queria dizer isso, porque é uma notícia péssima. Não quis contar pra Feliciano, porque achei que não ia mudar nada. Mas, se eu tivesse contado, talvez ele não tivesse se alistado e ido para a Bahia e talvez agora estivesse aqui com a gente. Não quero cometer o mesmo erro, Thereza. Espero que acredite em mim. Eu sei porque está nos livros de história do futuro. A abolição da escravidão só vai acontecer em 1888... Não adianta você ir para a luta, é mais sensato ficar aqui e aproveitar sua liberdade.

– Maíra, como ousa me dizer uma coisa dessas?

– Porque me preocupo, não quero que se machuque atoa.

– Eu fui machucada atoa desde que nasci. Minha luta é justamente para acabar com essa violência injusta.

– Eu sei o que digo, isso só vai acontecer em 1888, se estiver viva terá mais de 80 anos, Thereza.

– Se é verdade o que diz, quero lutar mais ainda. Para vencermos daqui há sessenta anos, não posso ficar parada. Tenho certeza que, sem muita força do meu povo, nada irá mudar. A luta é urgente!

Ouvi Thereza e não tive como questionar a verdade que ela me dizia. Eu temia por minha amiga, mas ela estava certa e eu não tinha capacidade de opinar sobre a experiência de ser negra e escravizada e as demandas dela. O que eu deveria fazer é pensar em minhas demandas, enquanto branca, para não agir da mesma forma de sempre.

Finalmente, depois de tudo que vivi a ficha enorme tinha caído como uma bigorna na minha cabeça. Thereza e eu éramos diferentes porque sou branca e ela negra. E não por conta da nossa cor, mas por conta do que a minha raça inventou para excluir todas as outras.

– O que vai fazer, Thereza?

– Vou para um Quilombo na região do Vale do Paraíba, precisam de uma pessoa que conhece as letras e as contas para auxiliar na comunicação de nosso grupo. Os aquilombados estão organizados. Serei mais útil lá, porque aqui já tem gente que lê e escreve. Agradeço por você ter me ajudado a aprender as letras.

– Você já sabia bastante, eu só ajudei um pouco. E eu? Acha que eu deveria ir junto com você para ajudar em alguma coisa?

– Maíra, sinceramente, acho que você deve voltar para o lugar de onde você veio.

– Para o sobrado de Sinhá Alda? Endoidou?

– Não, Maíra, eu falei para o lugar de onde veio.

– O futuro?

– Se esse é seu lugar...

– Thereza, eu estou sem saber de mais nada. Uma crise absurda sobre mim.

– Eu imagino. Ceuci me contou coisas sobre você. Mas agora preciso seguir o meu caminho e você o seu, quem sabe um dia nos cruzamos outra vez?

Nesse momento não entendi como poderíamos nos cruzar de novo. Mas a decisão de Thereza estava tomada. Eu não imaginava que me afastar dela me deixaria tão abalada. Foi intenso demais o que vivemos juntas. Estava apegada a ela. Mas nossos caminhos se desvencilharam na encruzilhada que se tornou a vida de Thereza, assim como antes nossos caminhos se cruzaram na encruzilhada da minha vida. Senti que não veria mais minha amiga, para minha infelicidade. Queria muito ter alguma coisa dela pra levar comigo, uma lembrança física. Lembrei da boneca e tentei:

– Thereza, e a boneca que você estava fazendo?

– Já está pronta, quer ver?

– Quero.

Ela me mostrou a boneca de pano. Era linda. Thereza havia feito com panos pretos para a pele e vestida com vários retalhos de tecido coloridos emendados uns aos outros com nós.

– É linda demais, Thereza. Posso ficar com ela pra me lembrar de você? – pedi na maior cara de pau.

– Thereza! Essa boneca já tem dona, e mora dentro do meu ventre.

– Como assim? Você está grávida?

– Aparentemente sim, né? E mostrou uma barriguinha despontando.

Era meio óbvio que ela estava grávida, aqueles vômitos e o sono sem fim desde que nos perdemos na floresta. Acho que eu não tinha me dado conta porque era tanta coisa acontecendo ao mesmo tempo que fiquei meio besta.

– Que doido, nossa, que estranho. Como é estar grávida? – Fiquei meio sem saber como reagir, nunca tinha conhecido alguém da minha idade com um bebê na barriga.

– Não quero falar mais sobre isso, um dia quando você tiver oportunidade vai entender.

– Jura? Você acha mesmo que eu não tenho capacidade de entender o que é uma gravidez? Não sou tão inocente assim... – Me senti humilhada por Thereza me achar infantil.

– Não é por isso. Sei que você entende o que é gravidez. O que você não entende é que tem coisas que não se pergunta.

Caramba, quase parecia minha mãe falando comigo dos assuntos cabulosos. Insisti:

– Poxa, Thereza. Fala comigo.

– Maíra, você tem que deixar de ser intrometida e respeitar o desejo dos outros. Será possível que não aprendeu ainda, mesmo com tudo que você viu e passou?

– Mas é que você está grávida, Thereza. Isso é muito importante.

– Muito.

– Bom, pelo menos me diz se você está feliz.

– Obvio que estou, serei mãe de uma criança livre. É meu dever ser feliz com ela, tentaram me tirar a alegria, me afastando da minha família e do Feliciano, mas serei feliz com essa criança por eles e por ela.

Nossa, Thereza estava com a língua afiada pra me dar lições.

– Se você está feliz eu fico feliz também e não pergunto mais nada.

– Finalmente!

Rimos de mim.

Poucos dias depois, nos despedimos uma da outra e sofremos com nossa separação. Fiquei contente por saber que Thereza também gostava de mim e sentiria minha falta, apesar de eu ter sido uma pedra no sapato dela.

Thereza seguiria para sua missão no quilombo do Vale da Paraíba. A viagem dela teria que ser na madrugada e com cuidado, pois desde que fugiu ela corria risco de ser recapturada. Gonçalo seria o companheiro dela na viagem, que teria dois dias de mula e um tempo de barco. Eu, por ser branca e livre, deixaria o Quilombo do Iguaçu à luz do dia, pegando carona com Manoel na canoa carregada de lenha até o porto do Rio de Janeiro. Meu plano era pedir abrigo para Penha na casa da Carolina. Daí em diante não sabia o que ia fazer, mas tudo seria para conseguir voltar para casa.

Lembro de estar sentada em cima das toras de lenha na canoa de Manoel, olhar o sol batendo leve na água do rio Iguaçu e sentir muito medo. Estava mais aterrorizada do que quando cheguei em 1822. Porque, antes, as coisas que estavam acontecendo pareciam um filme que eu entrei sem querer, mas do qual não participava de verdade. E, depois de tanto tempo no passado, me sentia conectada com ele. Agora estava longe das pessoas que me acolheram, mais sozinha que nunca. Acho que Manoel percebeu meu estado e falou:

– Olha moça, Thereza me contou sobre sua história de vir de outro tempo.

– Juro que não é invenção, mas também não entendo o que aconteceu e não precisa acreditar em mim.

– Mas eu acredito.

– Acredita mesmo?

– Acredito e já conheci uma pessoa com uma história muito parecida com a sua.

– Sério?

– Sim. Quando eu era moleque na senzala, apareceu por lá uma mulher adulta, estranha assim como a senhorita. Ela dizia que tinha voltado ao tempo. Ninguém deu crédito pra conversa dela, todo mundo pensou que era doida. Menos a preta Joana e as duas ficaram muito amigas.

– E o que aconteceu com ela? – perguntei aflita.

– Ela ficou na senzala, sem que ninguém da Casa Grande dessa conta de que ela estava lá. Depois de um tempo, Joana disse que fez ela voltar, porque já estava na hora. Não sei o que aconteceu com essa mulher, mas, do dia pra noite, do mesmo jeito que ela apareceu foi embora.

– Foi essa Joana que fez ela voltar? – Fiquei eufórica com a história.

– Com certeza, se alguém fez isso foi Joana, ela domina as mandingas mais poderosas. Todo mundo procurava Joana para resolver as coisas.

– Manoel! Onde está essa mulher? – Acho que berrei.

– Ah, se tiver viva ainda deve estar em Itaocara, onde eu morava e ela também.

– É perto daqui? – Rezei por dentro para ouvir que sim.

– Perto, perto, não é. Mas também não é longe.

– Como eu faço pra chegar lá?

– Você tem que chegar no porto do Rio e arranjar uma embarcação indo pra lá, é o melhor jeito.

– Então vamos logo, por favor. Eu preciso achar essa mulher para ela me explicar como faço pra voltar pra casa – implorei ao Manoel.

Estava loucamente animada! Finalmente uma chance real de retornar para casa. Se essa preta Joana não estivesse mais por lá, alguém poderia saber do seu feitiço, com certeza haveria alguma pista dessa história que Manoel me contou.

Porém, antes que alcançássemos o Porto, encontramos com uma tropa dentro de uns barcos que fez parar nossa canoa. Eram soldados e capangas das fazendas em missão para acabar com os quilombos do Recôncavo da Guanabara. Os guardas fizeram Manoel saltar da canoa para prendê-lo, mesmo ele alegando seu serviço de remador e apresentando seus documentos. Por ser branca, eles me deixaram continuar com a canoa, ordenando que não voltasse para aquela região senão também seria levada para dar explicações na polícia. Estavam concentrados em destruir os quilombos, haviam recebido muitas queixas de proprietários e barqueiros que diziam ter sido assaltados pelos pretos aquilombados no mato.

Sem saber como agir, segui a ordem dos guardas. Peguei os remos desajeitada e fui na direção contrária à tropa. Minha ideia era dar um jeito de chegar ao porto e depois a Itaocara para procurar Joana e descobrir o caminho de volta para casa. Quando me vi distante deles, senti que devia fazer algo. Ao quilombo era difícil as tropas chegarem ou terem alguma vitória, os quilombolas estavam preparados para qualquer ataque e se fosse o caso, conseguiriam fugir em tempo, com todas aquelas armadilhas. Mas e Thereza? E se as tropas se dividissem e uma parte seguisse o rio no caminho que estava Thereza? E se a alcançassem, descobrissem que era fugida e levassem de volta para a cidade? Foi a única vez no passado que não pensei primeiro em mim e desviei meu caminho.

Atordoada, remei com toda minha força para uma das margens do rio, onde vi uma estrada. Pensei em conseguir um cavalo ou algum transporte e continuar por terra para alertar Thereza sobre as tropas. Mas, quando abandonei a canoa na beira do rio, não havia nada, nem mula nem gente, só uma trilha de terra batida vazia, pela qual sai correndo desvairada, na esperança de encontrar alguém que pudesse ajudar.

Ao final da trilha, entre árvores e bananeiras, havia uma cabana feita de madeira e coberta de folhas. Me aproximei correndo, percebi que havia uma fumaça atrás da casa e senti forte cheiro de tabaco. Dei a volta com cuidado, pisando nas folhas secas espalhadas no chão de terra vermelha. Como dizia Thereza, onde tem fumaça, tem fogo e se tivesse alguém ali, poderia pedir ajuda.

– Venha minha filha, venha aqui que eu vou te ajudar. – Ouvi uma voz bem baixinha, meio rouca e falha como se tivesse ouvido meus pensamentos. Era uma senhora negra sentada num banquinho baixo de madeira, com um lenço cobrindo o cabelo amarelado e vestida de saia e camisa brancas. Ela fumava um cachimbo e a fumaça que saía dele fazia uma nuvem em volta dela, parecia um sonho. Atrás da casa era possível ver o mar e toda sua imensidão. Tive a sensação de que já conhecia aquela imagem, um déjà-vu bem esquisito que veio com frio na espinha.

Ela falou alguma coisa que entendi como um pedido para que eu sentasse na sua frente. Tudo que ela dizia era com palavras específicas, muitas eu nunca tinha ouvido antes, mas vou escrever aqui da maneira que compreendi.

– Sente-se, minha fia. – Insistiu.

– Não posso sentar agora, estou no meio de uma coisa urgente.

– Deve se sentar e me ouvir. Você não pediu ajuda?

– Pedi, quero dizer acho que pedi, de fato preciso de ajuda. Mas não posso sentar para conversar, tenho que correr depressa para encontrar minha amiga.

– Não se preocupe, minha fia, nem mesmo uma folha cai da árvore se essa não for sua vontade. Sua amiga está bem amparada.

– Thereza?

– Está fazendo o que deve ser feito.

– Isso eu sei, mas aqueles policiais podem pegar ela e eu tenho que chegar antes deles pra avisar.

– Fique tranquila. Ela sabe para onde deve ir.

– Olha, com todo respeito, a senhora não conhece a Thereza e não sabe o que está acontecendo. E eu não posso ficar aqui sentada, preciso fazer alguma coisa rápido.

– O que você tinha pra fazer já está feito.

– Como sabe que ela vai ficar bem, se está parada aqui?

– Você anda passeando pelos tempos e não sabe como é, fia?

Essa senhora era mágica, sabia de mim e da minha viagem no tempo e sabia de Thereza também. Fico me perguntando até hoje como ela apareceu na minha frente, ou melhor, como eu consegui encontrar ela.

– Realmente não sei de nada, não entendo nada.

– Não há problema que não tenha a resposta certa da vida.

– E qual a resposta? – perguntei doida pra ela me dar uma explicação pra toda aquela viagem. Era óbvio que ela sabia das coisas. Mas o que ela fez foi dizer:

– Para qual a pergunta?

Não soube responder. Mesmo depois de tudo o que eu passei eu não sabia qual era minha pergunta, o que tinha me feito viajar ao passado, conhecer Thereza e aquele tempo. Desde o início eu só queria achar um jeito de voltar para casa, sem questionar o que me fez sair do meu lugar de sempre. Eu apenas sentia que estava tudo errado em mim ou sentia que tudo tinha que ser diferente. Mas não havia me perguntado o motivo.

– Seu silêncio é sábio e o tempo é a melhor resposta. Minha fia, não carregue bagagem desnecessária. Não se apresse. A resposta está perto...

– A senhora sabe como eu faço para achar o caminho para casa?

– Fia, não adianta procurar um novo caminho se você não tiver disposta a mudar a maneira que caminha. Confie na sabedoria do tempo, sua jornada é sua, trabalhe dentro de você.

Fiquei tentando entender o que dizia a senhora que não me dava nenhuma resposta fácil, enquanto eu respirava a fumaça do cachimbo. Fiquei hipnotizada com a brasa, às vezes quase pegando fogo pelas fortes tragados que ela dava. A fumaça me envolvia inteira, comecei a ficar muito enjoada e com sono. Senti uma tontura gostosa e fui me deixando levar por uma sensação de balanço do mar e neblina. Lembrei de Thereza, de minha avó, de minha mãe, minha irmã, meu pai, de Dayo e tantas outras pessoas que amo. As imagens intercalavam-se em minha memória, como se tivessem bem na minha frente, quase dando pra encostar. Ouvi a voz da senhora negra dizer, bem longe.

– Tá na hora de você descobrir o que quer aprender,

fia. Se levante e caminhe, a vida precisa de você. Acorda, Maíra, acorda. Acorda, fia.

A fumaça cinza foi ficando branca, branca, branca...

De repente, tudo ficou escuro.

Breu.

E de novo ouvi:

– Acorda minha filha, por favor.

Dessa vez, a voz não era da mulher.

Abri os olhos confusa, tentando entender onde estava.

Vi o sorriso amoroso de minha mãe. Olhei em torno e tive certeza de que estava de volta, em casa.

O RETORNO

Era isso mesmo, quer dizer quase isso. Eu acordei não em casa, mas em um hospital. Quis saber como fui parar ali. Minha mãe contou que eu havia desmaiado na secretaria da escola e a diretora saiu para pedir ajuda, mas quando voltou eu havia desaparecido. Passaram meses angustiantes em minha procura. Só depois desse tempo, eu apareci desmaiada, vestida com roupas estranhas na Praça XV, perto das barcas e me levaram pro hospital. Os médicos vasculharam meu corpo e estava tudo bem com ele, estou intacta no sentido físico. Tinha apenas um machucado na testa, por alguma pancada que pode ter me feito desmaiar. Cheguei em 2022 do mesmo jeito e no mesmo lugar que em 1822.

– Com o tempo você vai se lembrar o que aconteceu, filha. O importante é que você está viva e bem. Nem te conto o tanto que sofremos sem saber de seu paradeiro. Mas agora você está aqui, Graças a Deus. – Minha mãe disse me abraçando muito emocionada.

– Imagino seu sofrimento, mãe. Eu também estava louca pra reencontrar vocês. Senti muitas saudades. E me lembro de tudo que aconteceu, não se preocupe porque estou bem. Quero te contar o que aconteceu comigo, mas acho que você não vai acreditar.

– Teremos tempo para isso. Agora você precisa descansar, está com febre.

Fiquei no hospital mais alguns dias. Quando estava melhor voltei pra casa e recebi visitas de amigos e familiares. Abracei muito minha irmã e meu pai.

Até a diretora e os professores foram me ver. Aproveitei

para agradecer ao professor Ed por todo o empenho dele em me ensinar história, falei que tinha ajudado muito durante minha epopeia particular. Não dei muitos detalhes sobre a epopeia em si e ele educadamente não perguntou. Mas ficou feliz por eu reconhecer finalmente a importância da História.

Quando meus amigos vieram me visitar, quis saber das fofocas da escola e desconversei sobre o que me ocorreu. Eu ainda não tinha tido tempo pra conseguir entender direito minha viagem ao passado e ainda era difícil falar sobre isso.

Pedi para ficar com a Dayo sozinha um pouco, tinha muita coisa importante para dizer pra ela. Mas naquele primeiro momento falei que me arrependia muito de ter deixado todo o trabalho para que ela fizesse sozinha e que nunca mais aconteceria. Disse que finalmente eu havia entendido algumas das questões que ela tinha em relação ao meu comportamento e sua luta antiracista. Falei também que tinha me dado conta que fui egoísta quando ela me disse que estava resolvendo uma situação racista com o homem que bateu no carro e os policiais. E que sabia que em todos os nossos anos de amizade eu sempre fui vacilona nesse sentido, mas agora estaria atenta para tentar não cometer os mesmos erros.

Ela não entendeu muito aquele meu papo do nada, mas ficou feliz por ter ouvido tudo aquilo de mim. Ela falou também o tanto que sempre se incomodou com meu jeito e tentava me dizer, mas eu não dava a menor atenção. Disse que nossa amizade seria mais forte se eu cumprisse a promessa de ser menos mais atenta ao que ela passa por ser negra num país racista.

Foi muito intenso esse momento de volta e de estar com todos os meus amores novamente. E como se não bastasse essa avalanche de sentimentos, ainda tive mais uma surpresa literalmente fantástica.

Recebi, pelas mãos da minha mãe, o presente mais bonito da minha vida. Ela me entregou um pacote fechado e me explicou.

– Quando eu estava arrumando as coisas da sua vó para vender a casa dela, descobri esse pacote para você. Olha aí seu nome nele.

– Como assim mãe? Um pacote da vovó pra mim? Por que ela não me deu antes?

– Não faço ideia. Vai entender, coisas da sua vó Ruth...

– Que coisa doida.

– Pois é. Um presente da sua avó pra você. Não é bonito eu ter encontrado agora?

– Nossa, nem sei o que dizer – falei quase chorando.

Eu estava emocionada demais por receber algo da minha avó, mesmo ela não estando mais entre a gente, era uma forma de estar perto dela outra vez.

Pedi pra ficar sozinha e com muito cuidado, desempacotei o presente. Quando abri e vi o conteúdo, me segurei para não perder os sentidos e viajar no tempo outra vez:

Era a boneca que Thereza confeccionou no quilombo.

A mesma boneca.

...

EPÍLOGO

Eu fiquei um tempão pensando sobre tudo que aconteceu comigo e o motivo da minha viagem. Demorei muito pra ligar alguns pontos e entender algumas coisas e acho que ainda tem um monte que ainda não me dei conta. Mas resolvi escrever o que consegui amarrar na minha cabeça até agora. Esse livro foi um jeito também de ir elaborando tudo, enquanto eu escrevia as fichas iam caindo.

Tive vontade de escrever depois de um dia que fui no samba da Pedra do Sal com a minha mãe, e fiquei lá de cima, olhando a região do Valongo. Pensei em como eu havia mudado meu jeito de olhar aquele lugar. Então, como um aviso, vi uma pixação no muro do morro:

(DESENHO SANKOFA)

Voltei pra casa, fiz uma pesquisa no google e achei a explicação sobre o desenho:

O conceito de Sankofa (Sanko = voltar; fa = buscar, trazer) origina-se de um provérbio tradicional entre os povos de língua Akan da África Ocidental, em Gana, Togo e Costa do Marfim. Em Akan "se wo were fi na wosan kofa a yenki" que pode ser traduzido por "não é tabu voltar atrás e buscar o que esqueceu" ou "retornar ao passado para ressignificar o presente e construir o futuro".

Foi a chave pra eu entender melhor o que precisava. E enquanto eu escrevia esse diário da minha viagem, fui recolhendo as pistas do que eu não posso esquecer para ressignificar o meu presente.

Eu sei que ao menos nos filmes de ficção as pessoas viajam no tempo por algum motivo, geralmente porque precisam fazer alguma coisa no passado para mudar o futuro. Não acho que que fiz nada para mudar a história da forma que ela aconteceu até aqui. O máximo que minha presença no passado fez de diferença foi ter ajudado Thereza a ler e escrever pois isso a levou até o quilombo do Vale do Paraíba. Mas acredito que ela teria dado um jeito de aprender, mesmo sem eu estar por lá. Então cheguei à conclusão de que minha viagem no tempo não foi para eu agir no passado pra mudar o futuro, mas para eu mudar alguma coisa dentro de mim para agir de uma forma diferente da que eu vinha me comportando no presente. Tanto que só consegui voltar pra casa quando pela primeira vez no passado não pensei primeiro em mim e no meu desejo de voltar ao meu lugar de conforto. A senhora mágica que encontrei falou que não adiantava procurar um novo caminho se não estiver disposta a mudar a maneira que se caminha. O trabalho é dentro de mim.

Quando estava em 1822 achava que tinha que ver de perto o Grito do Ipiranga para descobrir os erros que tinham no quadro e na história que nos contam sobre esse tempo. Mas isso foi viagem da minha cabeça, é uma besteira perto do que eu realmente acho que aprendi. Por isso chamei o livro de "A viagem da independência".

Minha teoria é que tudo começou quando senti ciúmes e inveja da Dayo, e medo de encarar a situação que ela me apresentava sobre racismo. Depois, teve o álbum de retratos onde me atentei para a negritude da minha bisavó e soube por alto das dificuldades dela, porque minha mãe não quis detalhar os tais assuntos cabulosos. A partir daí, me vi de frente com a minha branquitude e escolhi fugir da situação. Acho que dentro de mim fiquei com essa pulga atrás da orelha, mas não o suficiente para querer entender a fundo todas as coisas. Até porque entender a fundo, significa saber que herdei muitos privilégios e que por ser branca as coisas são muito mais fáceis pra mim. Acho não queria abrir mão da minha forma de ver as coisas, sair da minha caixinha, porque fora dela eu tinha que rever minhas certezas e o desconforto de não ser a mocinha da história. Daí veio a parada do trabalho do Ed sobre a independência e, mais uma vez, fui egoísta e deixei Dayo fazer tudo sozinha. Então, a mãe dela bate o carro, e minha amiga não consegue chegar na escola por conta de uma briga com pessoas racistas. Eu, vacilona, em vez de ser solidária com minha amiga, fiquei irritada, nervosa e preocupada só comigo mesma. Acho que fui ajudada por alguma força misteriosa, para não seguir sendo aquela pessoa.

Então, o que afinal eu precisava ressignificar no presente? O que me levou a buscar ajuda no passado? Acho que já fui dando muitas dicas enquanto escrevia o livro, talvez tenha até sido chata na repetição. Mas de novo e de forma resumida, como Ceuci já havia dito: Eu precisava entender meu lugar na história. E mais, me responsabilizar por ele. Tive que voltar ao tempo da escravização, quando os brancos organizavam a independência do Brasil de uma forma que mantivesse seu poder sobre os negros pra entender que lugar ocupo nessa sociedade racializada. Eu nunca havia pensado nessas coisas, porque por ter nascido branca, nunca tinha sentido os efeitos do tempo da escravização e as consequências no nosso tempo atual: são consequências econômicas, políticas, sociais e psicológicas.

Mas me pergunto, será que todos os brancos como eu precisam voltar ao período da escravização para conseguir ver o que existe até hoje? Só assim seremos capazes de mudar? Prefiro acreditar que não, que a mudança vem de dentro, que basta querer enxergar o que está bem na nossa cara.

Desde então, venho estudando mais sobre o assunto e descobri o que é branquitude e fragilidade branca. Então passei a olhar em minha volta, percebi o quanto as coisas estão entrelaçadas com essas palavras que traduzem atitudes, no passado e no presente.

Para quem, como eu, quer saber um pouco mais sobre o assunto e não ficar agindo do mesmo jeito, no final do livro colei meu rascunho de estudos e alguns lugares e livros onde podem se informar mais. Desculpem a bagunça, mas é meu jeito de pensar.

Coloquei a boneca que recebi de Thereza exposta na estante como uma lembrança que não me deixa esquecer. Acredito que Thereza também ia querer assim, a boneca veio pra mim como um recado dela. Não sei até hoje como isso aconteceu, mas tenho certeza que Thereza deu um jeito no passado para a boneca chegar nas minhas mãos. Assuntos cabulosos não podem mais ser segredos escondidos. Esses "segredos" são o outro lado da história que querem esconder para que o jogo siga sendo comandado por quem conta. Se todos souberem a forma injusta que os brancos opressores usaram para se colocarem no poder, o jogo seria reorganizado pra todo mundo ter a mesma chance. Porque os brancos inventaram sozinhos as regras, e fingem que as regras são iguais pra todo mundo. Eu não tenho como reverter todo o jogo roubado, mas posso ajudar a contar como foi e como é. Melhor ainda, contribuo admitindo que os meus privilégios de branca são frutos de uma grande injustiça e estar atenta para não ficar confortável nesse lugar que não foi conquistado por mérito mais por aniquilação. O Brasil acumulou sua riqueza através da escravização, que era muito organizada pela elite branca política e econômica, tanto que fizeram a independência do país e mantiveram a mão de obra forçada e gratuita. E depois, mesmo com a abolição da escravização, o país se mantém racista, dificultando de diferentes formas a participação econômica, política e social de pessoas negras. Esse trocadilho com jogo é bem ruim, mas achei que seria uma forma simples de explicar. Não é sobre jogo, é sobre a vida, sobre um sistema de poder. A luta antirracista deve ser de todos os seres humanos, independente da sua cor. Fico pensando que uma das formas de combater o racismo seja pela aproximação. Não tem como a gente fazer isso se as escolas, bairros, trabalhos, clubes e tantas coisas são feitos para distanciar as pessoas de acordo com as raças. Na Pequena África, que se tornou meu lugar preferido no Rio, vejo eventos onde estão todos próximos e sinto que esses lugares são escolas de enfrentamento ao racismo: as rodas de capoeira, os sambas, as festas na rua.

Quem inventou a diferença entre as raças foram os brancos, e fizemos isso para nos colocar no centro do poder e continuamos fazendo de tudo para nos manter nesse lugar. Se a gente não quiser mudar nossa atitude, somos os mesmos, logo, somos como os brancos escravizadores do passado. Se eu aprendi a ser racista, devo desaprender e todos os dias tento descobrir como. Dayo disse que todos os dias quando acorda, por ser negra, precisa estar preparada para enfrentar o racismo. Esse é meu compromisso comigo, acordo pela manhã e penso "como posso ser antirracista hoje?". Meu livro/diário é um convite para que todos se perguntem a mesma coisa.

ESTUDOS DE MAÍRA

*O que é #**branquitude?***
A branquitude é uma racialidade construída sócio-historicamente como uma ficção de superioridade, que produz e legitima a violência racial contra grupos sociais não brancos e beneficia os brancos, dando a eles privilégios materiais e simbólicos.

A filósofa **Djamila Ribeiro** explica:
"Pessoas brancas não costumam pensar o que significa pertencer a esse grupo, pois o debate racial é sempre focado em negritude. Portanto, uma pessoa branca deve pensar seu lugar de modo que entenda os privilégios que acompanham sua cor. Isso é importante para que privilégios não sejam naturalizados ou considerados apenas esforç próprio".

Nas minhas palavras:
É uma invenção dos brancos/europeus para se colocarem como centro de tudo e as outras etnias como raças inferiores. Os brancos não se veem como uma raça, mas como o "normal", e os outros como raças e diferentes. Tipo: A beleza padrão (branca) X a beleza exótica (todas as outras); os filmes com branco protagonista; a religião — cristã principalmente X intolerância e discriminação contra religiões e cultos de origem africana e indígena; as roupas "normais" (terno e gravata) x roupas exóticas; os heróis (maioria branco); a mitologia grega X mitologia africana e indígena; lápis "cor de pele" (bege); livros de história repetem padrões brancos e eurocêntricos; música erudita (branca) X música popular; brinquedos com padronização branca (capas dos jogos, bonecas e livros infantis). Enfim, os brancos inventaram que tudo que vem deles é como se fosse a maneira universal (normal) de ser. O restante destoa… E tudo isso é feito com violência social, econômica, política e psicológica.
O.k., escravizador branco está morto, assim como os escravizados, mas a opressão no presente acontece através do racismo e manutenção dos privilégios.

Os brancos não admitem seu racismo: **79% veem racismo no rasil e só 39% admitem ser racistas... A conta não fecha. Tem ente racista que só vê racismo no outro...** A dificuldade do comba- ao racismo no Brasil é a negação do racismo.

Fragilidade Branca: *Quando os rancos percebem o racismo estru- ural e, em vez de se responsabiliza- em, se sentem culpados e querem ugir da questão ou se comportam omo vítimas que precisam ser judadas pelos negros (quantas ezes eu fiz isso?).*

??? *Quem sente culpa quer eceber perdão? Basta ser perdoa- lo? Depois do perdão a pessoa nuda???*

Deixar a questão da escraviza- ção para o passado deixa confortável os opressores do presente.

Olhar o passado é necessá- rio para que a gente busque compensações econômicas, por exemplo as cotas nas empresas, na política e nos cargos públicos e nas escolas mais democráticas racialmente, por causa das vantagens econômicas que os brancos tiveram e que ainda têm nos dias de hoje.

Reparação Histórica

São ações pensadas para diminuir ou amenizar injustiças cometidas no passado contra determinadas comunidades ou grupos sociais.

Lugar de Fala

A ideia de lugar de fala se popularizou no Brasil com o livro da escritora Djamila Ribeiro. Segundo a definição da autora, o concei- to remete ao local de fala do enunciador, qual a sua realidade social, financeira e pessoal ao proferir um discurso sobre determi- nado tema.

so significa que, frente à naturalizaçãodo racismo, devemos combatê- ativamente com ações afirmativas.

Esse é um compromisso diário, e que se expressa de diferentes formas:

- ✔ Na cobrança de políticas públicas que combatam a exclusão da população negra;
- ✔ Na luta por cotas;
- ✔ Na compreensão dos privilégios brancos e coragem de abrir mão deles;
- ✔ Na eleição de pessoas negras para ocuparem lugares de tomada de decisão: na política, direções de escolas e universidades, nas empresas, nos clubes, nos condomínios etc.;
- ✔ Na valorização do conhecimento gerado por intelectuais e artistas negras, negros e indígenas;
- ✔ Na insistência constante para que os professores abordem temos étnicos raciais nas aulas;
- ✔ Na valorização da beleza da negritude e indígena;
- ✔ Na escolha por consumir literatura infantil (e adulta) de autorias indígena e negra;
- ✔ Na compreensão que a luta antirracista não pode ser exclusiva da população negra.

Sabia que o racismo também está implicado no meio ambiente? Acompanhem a jovem liderança indigena TXAI SURUÍ que aos 24 anos foi a única brasileira a discursar na conferência da ONU sobre mudanças climáticas, ela explica direitinho o racismo ambiental.

!!! O Futebol também tem um passado racista. Os negros eram PROIBIDOS de jogar nas ligas oficiais! De acordo com o Observatório Racial do Futebol, o registro de "pessoas de cor" foi proibido no futebol carioca em 1907, depois de Francisco Carregal, negro, ter jogado pelo Bangu em 1905. Em 1924, o Vasco (:0) criou a Associação Metropolitana de Esportes Atléticos (AMEA), para que não precisasse demitir seus 12 atletas negros, já que a nova liga criada Fluminense, Flamengo (<3), Botafogo e outros clubes determinava a exclusão de pessoas negras. O Vasco foi intimado a afastar seus jogadores "de cor", mas recusou-se e disputou uma liga separada dos principais clubes do Rio de Janeiro. Veja essa e outras histórias no site Observatório Racial do Futebol.

INDICAÇÕES DE LEITURA E VÍDEOS

→ *Para saber* mais de branquitude, acho legal começar com estes vídeos de entrevistas feitos por Karen de Souza, disponível gratuitamente na Globoplay: "Entrevistas Branquitudes". https://globoplay.globo.com/v/9081615/

→ E também o debate sobre branquitude entre Lia Vainer Schucman e Lilia Schwarcz, disponível no youtube no canal "Lili entrevista". https://www.youtube.com/watch?v=knHrQcvBMkY

→ Para quem gosta mais de ler, sugiro este texto da Djamila Ribeiro: "No mundo branco há privilégios que deveriam ser direito de todos" disponível on line no site Rede Brasil Atual. https://www.redebrasilatual.com.br/cidadania/djamila-ribeiro-no-mundo-branco-se-usufrui-de-privilegios-que-deveriam-ser-direito-de-todos/

→ Para quem gosta de ler mais ainda, indico o livro infanto-juvenil *Óculos de cor*, da Cia das Letrinhas, da Lilia Schwarcz

→ E para aprofundar mais, este aqui (ainda estou lendo, é adulto): *Pacto da branquitude*, livro da Cida Bento.

→ Todos os livros de Ailton Krenak (são curtos e fáceis de ler): *Ideias para adiar o fim do mundo*, *A vida não é útil*, *Futuro ancestral* e *O amanhã não está à venda.*

→ E os livros de Daniel Munduruku, são mais de 60 e tem para todas as idades!

→ Para conhecer mais sobre a história de nossos muitos heróis e heroínas negros: *Enciclopédia negra - Biografias afro-brasileiras* de Flávio dos Santos Gomes, Jaime Lauriano e Lilia Moritz Schwarcz.

PODCAST "Projeto Querino" de Thiago Rogero é MUIIITO Bom. Disponível m vários canais (https://projetoquerino.com.br/podcast/).

Acompanhem também o Portal do Geledés Instituto da Mulher Negra, admiistrado e presidido por mulheres negras e que tem como principal missão "a efesa das questões de gênero, raça e qualquer outra forma de intolerância que se puser ao exercício da plena cidadania. Lá tem muito conteúdo e Informação obre combate ao racismo."

https://www.geledes.org.br/o-que-e-geledes

Acesse aqui a versão do livro em áudio

Maíra e a viagem da independência
Ana Bonjour

Edição: Adriana Maciel
Produção editorial: Jul
Preparação de texto: Tais Bravo
Projeto gráfico e capa: Fernanda Soares
Imagem de capa: Barbara Quintino
Ilustraçoes: Barbara Quintino

Dados Internacionais de Catalogação na Publicação (CIP) de acordo com ISBD

B715m Bonjour, Ana

Maíra e a viagem da independência / Ana Bonjour. - Rio de Janeiro : Numa Editora, 2023.
276 p. : il. ; 14cm x 21cm.

ISBN: 978-85-67477-50-3

1. Literatura brasileira. 2. Romance. I. Título.

2023-2824 CDD 869.89923
CDU 821.134.3(81)-31

Elaborado por Odilio Hilario Moreira Junior - CRB-8/9949

Índice para catálogo sistemático:
1. Literatura brasileira : Romance 869.89923
2. Literatura brasileira : Romance 821.134.3(81)-31

Numa Editora
www.numaeditora.com
contato@numaeditora.com
Instagram.com/numaeditora

Esse livro foi composto em Georgia,
impresso em papel Pólen 90g.